RELEVEZ LES DÉFIS,

ESCAPE BOOK

DÉCODEZ LES ÉNIGMES

ET ÉCHAPPEZ-VOUS DU LIVRE !

LE PAYS DES MERVEILLES

404 EDITIONS
www.404-editions.fr

404 éditions
un département d'Édi8
92, avenue de France, 75013 Paris

Illustrations intérieures et couverture : David Chapoulet
Illustrations : © stock.adobe.com / Pro Web Design (pièces d'échec) ; / tribulium81 (cadeceus medical symbol black) ; / Vector Tradition (lucky horseshoes) ; / skarin (vector black flowers icon set) ; / Marta Jonina (forget me not myosotis) ; / OldWoolf (kitchen ladle icon) ; / icon stocker (horse head icon) ; / anatolir (jester fools hat icons) ; / Marina Lvova (feather).

Maquette couverture : Axel Mahé
Maquette intérieure : Romain Poiré
Directeur de collection : François Lévin
Corrections et relectures : Anne-Lise Martin
Suivi éditorial : Ludivine Irolla

ISBN : 979-1-0324-0281-8
Dépôt légal : septembre 2019

ALEXANDRA OURSE

RELEVEZ LES DÉFIS,

ESCAPE BOOK

DÉCODEZ LES ÉNIGMES

ET ÉCHAPPEZ-VOUS DU LIVRE !

LE PAYS DES MERVEILLES

404 ÉDITIONS

Avant-propos

Ce livre est la porte d'entrée au pays des merveilles, mais aussi la carte qui permet de s'y déplacer. Votre objectif est d'y retrouver Alice Liddell. Du propre aveu de Lewis Carroll, la jeune fille n'en serait jamais vraiment revenue.

À défaut de la retrouver, votre plus grand défi sera de sortir de ce monde vivant et de taire cette affaire pour le bien commun. Pour l'enquêteur aguerri des Escape Book, qu'il débute sans attendre ! Dans le cas contraire, ou si vous êtes prudent, revoyez les bases page 140. Vous feriez mieux d'y jeter un œil quoi qu'il en soit, vous pourriez être surpris.

Dès le début de l'aventure, une voix légèrement traînante, suave mais au ton ironique vous communique ses avis. Impossible de savoir d'où elle provient, vous semblez être la seule personne à l'entendre, et cela depuis que vous avez un certain colis en votre possession. Malgré la désagréable impression de malaise qu'elle vous donne, elle est votre seule aide extérieure et se traduit dans les notes de bas de page.

L'époque victorienne, à laquelle se passe cette histoire, voit apparaître peu à peu une certaine fantaisie dans son cadre rigide. Sans parler d'un bouleversement, la société anglaise reste extrêmement normée de codes sociaux très contraignants.

Le pays des merveilles, ou les aventures d'Alice derrière le miroir, sont des univers qui se détachent – voire se moquent – de ces mêmes codes. Pour ses contemporains, ce monde est sans équivoque gouverné par la folie pure. Dans l'idée de vous faire ressentir ce malaise, vous constaterez une petite fantaisie concernant les les mécanismes habituels des Escape. Lisez vraiment les règles, c'est un conseil.

Le monde dans lequel vous allez être englouti va enfin apparaître sous son véritable jour : angoissant. Ne vous laissez pas abuser et restez sur vos gardes. Réfléchissez et agissez prudemment… Ou vous pourriez bien, vous aussi, rester prisonnier des rêves sombres.

Prologue

« Mais je n'ai nulle envie d'aller chez les fous »,
fit remarquer Alice.
« Oh ! vous ne sauriez faire autrement, dit le
Chat : Ici, tout le monde est fou. Je suis fou.
Vous êtes folle. »
« Comment savez-vous que je suis folle ? »
demanda Alice.
« Il faut croire que vous l'êtes, répondit le Chat ;
sinon, vous ne seriez pas venue ici. »

Alice au pays des merveilles, Lewis Carroll.
Dialogue entre Alice et le Chat de Cheshire.

Oxford, 1898.

Mon cher Mathew,

Maintenant que je parviens au crépuscule de mon existence, je puis en quelque sorte en faire un bilan. J'ose espérer trouver en vous le réceptacle bienveillant dont j'ai grand besoin.

Vous fûtes mon plus brillant élève et je puis m'enorgueillir d'avoir été votre professeur. Il m'est certes aisé de reconnaître que le fleuve de mon existence combla mes aspirations érudites et artistiques. Mais pour franchir le seuil du non-retour, je me dois de vous confier un doute. Je ne m'encombre plus aujourd'hui du qu'en-dira-t-on, ni des conséquences de sombres commérages. L'affection sincère que m'inspirent les jeunes filles dans leur prime enfance n'a de secret pour aucun sujet de Sa Majesté. Leur sort fut pour moi source d'un grand souci, et même alors que la vie et l'âge devaient me priver de leur contact, mes prières se tournaient toujours vers elles. Elles furent toutes heureuses dans leur vie d'adulte, ou tout du moins en étaient-elles convaincues. Ce à quoi mon cœur ne pouvait que se résoudre.

Cependant, il m'est encore aujourd'hui impossible d'être certain du destin de l'une d'entre elles. Ce que je vais vous confier risque fort de vous désarçonner. La petite Alice Liddell ne fut plus jamais la même dès lors qu'elle rentra de l'aventure que j'ai relatée. Pauvre fou que j'ai été de lui montrer ce terrible endroit ! Le pays des merveilles, l'avait-elle appelé... Utopie de fange et d'angoisse ! Ah ! Malheur ! Bien sûr, les êtres perfides qui peuplent ce monde se sont grimés pour ne pas éveiller les soupçons de l'enfant, ni les miens. Car, mon cher, cet endroit existe bel et bien.

Ce ne fut que trop tard que j'eus des soupçons. Les lâches ! Quelle pitié que mon esprit à l'époque ait été si naïf ! Je me laissais berner par leurs fariboles mais tout n'était que mensonge, je le sais à présent. Pourtant, mon instinct ne m'avait pas totalement abandonné : dans le récit qui fut publié, tout n'y est pas relaté dans la pure vérité – la manière d'y entrer par exemple.

Je vous conjure de trouver cet endroit et de découvrir ce qu'il est advenu de ma chère Alice, la véritable Alice ! Ils ne pourront pas abuser un esprit tel que le vôtre. Vous n'êtes pas comme moi, vous saurez les voir tels qu'ils sont. J'en suis certain.

J'ai chargé mon notaire de vous remettre cette lettre après mon décès. D'autres instructions ont été données pour que des documents soient détruits et que personne, à part vous, ne puisse plus jamais être au contact de ces êtres immondes. Monsieur Hudson vous remettra également un paquet scellé. Ne l'ouvrez sous aucun prétexte avant d'être arrivé dans le pays des merveilles. Ce détail est primordial. Il vous remettra également un carnet. Notez-y tout ce que vous pensez être utile ! Il vous servira d'inventaire, devenant sans doute votre allié le plus précieux. Vous devrez trouver la porte qui y mène et pour cela je vous propose une énigme qu'il vous faudra résoudre :

« Alors que d'autres prennent le thé,
Soyez réfléchi et éclairé !
L'entrée n'est point difficile à trouver,
Le dieu Hermès est son allié. »

Bonne chance, mon cher. Puissiez-vous réussir et préserver d'autres âmes innocentes.

Lewis Carroll.

Introduction

Prière d'outre-tombe

Assis à mon bureau, dans l'aile nord du manoir londonien de ma famille, j'étais à cent lieues d'imaginer qu'une affaire si étrange m'attende à mon retour des Indes. Je ne suis ici que depuis quatre jours, et me voilà mêlé à une histoire d'héritage que me lègue feu mon professeur de mathématiques. Cet homme, que je n'ai pourtant pas vu depuis presque quinze ans, me laisse une sinistre lettre. J'aspirais cependant à prendre un peu de repos, tant ma mission à Bombay fut éprouvante : ce peuple ne garde pas l'ancien pouvoir en très haute estime. Tout diplomate que je suis, j'eus beaucoup de peine à repartir sans encombre. Cela étant, je ne puis me soustraire à mes obligations, fussent-elles d'ordre privé.

Après avoir attentivement lu la lettre, je m'adresse à l'homme installé en face de moi :

– Je dois reconnaître, monsieur Hudson, que ce document est tout à fait singulier...

– Vous me voyez, sir Douglas, tout aussi perplexe que vous. La remise de cette lettre était l'ultime étape de tout un protocole imposé par le défunt, ce qui est – fait mis à part – très inhabituel.

– Je suis parfaitement disposé à vous croire...

– L'expression de sa nièce ressemblait à la vôtre quand je lui ai remis ce que son parent lui avait laissé. Des **journaux intimes** ! C'est plutôt inconvenant pour une jeune personne, je doute qu'elle ne les lise jamais.

Monsieur Hudson est un petit homme maigre au teint cireux. Il porte de sobres vêtements noirs, un chapeau en feutrine et un sac de cuir usé. Une carte de visite tout aussi austère l'a précédé, indiquant en lettres capitales noires sur fond blanc :

CABINET HUDSON & ASSOCIÉS
Notaires

5 Born Street London

Un tel personnage au visage si inquiet détonne au milieu de mon bureau.

– Le décès remonte à six jours seulement, nous avons dû mobiliser tout notre temps pour respecter les volontés de feu le professeur Dogdson. Il est aussi prévu de vous remettre ceci...

Tout en cherchant dans son sac, il en ressort un **carnet** ainsi qu'un **paquet emballé de papier kraft**, ceux-là mêmes mentionnés dans la lettre. D'une main fébrile, il me tend le tout et me fait signer le procès-verbal.

– Je ne suis pas mécontent d'en avoir terminé avec tout ceci, sir. Il y a quelque chose de déplaisant dans ce dossier.

À mon coup de sonnette, Georges, mon maître d'hôtel, arrive pour escorter Hudson jusqu'à la sortie, me laissant seul dans mon bureau avec mes pensées.

Cette lettre ne quitte pas mon esprit. C'est peut-être ma carrière de diplomate qui prend le dessus, mais je sais reconnaître une menace quand j'en vois une, même si elle est voilée. Alice Liddell est fiancée au fils d'un des membres de la Chambre des lords. Un scandale qui implique de si hautes instances politiques aurait une incidence trop fâcheuse sur le climat international. Il faut éviter cela à tout prix. Je n'aime pas non plus le sous-entendu dont il est question. Cette affaire ne me plaît pas du tout. À en croire ce message, les actes commis au sein du monde pseudo-imaginaire auraient des répercussions dans notre monde réel. Pourtant, que puis-je faire ? Pourquoi Dogdson fait-il ainsi référence à l'univers de ses écrits ? Où la métaphore s'arrête-t-elle et où le rêve laisse-t-il place à la réalité ? Il semble vraiment affolé dans sa lettre, son écriture en témoigne. Il était pourtant sain d'esprit ; réputé excellent mathématicien, il était méthodique et logique. Il signait peut-être ses œuvres par son pseudonyme mais il est aisé de le reconnaître. La mission qu'il m'assigne est claire mais me semble totalement dénuée de sens. Je dois retrouver une personne qui n'a pas disparu, dans un endroit imaginaire mais qui ne l'est pas vraiment, et tout cela sans en connaître l'entrée ? Ce dont je suis certain, c'est qu'il y a une indication temporelle : *alors que d'autres prennent le thé*. Prosaïquement, je le prends au pied de la lettre et en déduis qu'il s'agit de 17 heures. Cela voudrait dire que la fameuse entrée n'est accessible qu'à 17 heures. Je ne vois pas d'autres possibilités. Concernant la suite, cependant… « *Réfléchi et éclairé* » : veut-il insinuer que je dois garder mon sang-froid ? Cela ne tient pas, il a visiblement suivi l'évolution de ma carrière. On ne devient pas diplomate dans ce pays sans une parfaite maîtrise de ses nerfs, ni sans un solide bagage d'érudition. Non. Plus je relis cette lettre, plus je comprends qu'il savait parfaitement ce qu'il faisait en s'adressant à moi. Son conseil ne concerne pas une caractéristique psychologique. Que faire ? Si je ne me trompe pas dans mon raisonnement, j'ai jusqu'à 17 heures pour décrypter ce message. Il faut bien commencer quelque part. Autant faire un tour dans mon bureau dont j'ai esquissé le plan plus bas, j'y trouverai peut-être de l'inspiration. Mais avant même de choisir ce que je regarde en premier, je mets la main sur ma sacoche de voyage et la prends avec moi, elle me servira à y ranger mes découvertes et à les avoir à portée de main. J'en profite pour y déposer **la lettre**, **le paquet de papier kraft** et **le carnet** de mon ancien professeur de mathématiques.

I – Allons… Souvenez-vous qu'il ne sert à rien de lire cette partie si l'on ne vous y a pas invité. Concentrez-vous sur votre plan page 16.

II – Vous feriez mieux d'observer votre environnement avec minutie. Ce n'est pas parce que c'est votre bureau que vous n'y trouverez rien d'utile.

III – Rendez-vous compte que d'après le maniaque qui a été votre professeur, une enfant d'à peine dix ans a trouvé l'entrée toute seule, tandis que vous vous acharnez à lire ce que vous ne devriez pas. Que la honte vous submerge pendant que vous retournez à votre plan page 16.

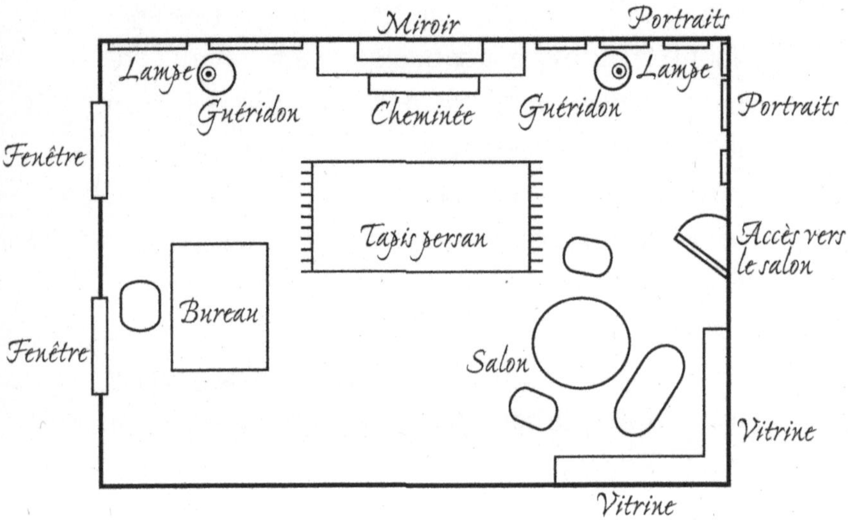

1. Le bureau en ébène

C'est un très beau meuble en bois d'ébène, aussi sombre que de la suie, sur lequel, hormis quelques dossiers, sont disposés le portrait du Premier ministre, l'encrier d'étain de mon père, une photographie d'Édith ma fiancée, un petit presse-papier en marbre blanc et une boîte fermée à clé. En les examinant d'un peu plus près, en dépit du fait que je les connaisse déjà, j'espère trouver au moins un peu d'inspiration. Voici le portrait du Premier ministre, lord Gascoyne ***(document #24)***, qui est aussi le secrétaire d'État aux Affaires étrangères de Sa Majesté. Il est courant de posséder un portrait de son supérieur hiérarchique chez les politiciens. Le petit presse-papier ***(trouvaille #11)*** a été taillé dans du marbre blanc et tient au creux de la main. Maintenant que je le revois, ça me rappelle une anecdote. Il a la forme d'un trèfle et il me semble qu'il faisait partie d'autre chose... Bon, ça me reviendra, j'imagine. Qu'y a-t-il d'autre ? Les dossiers classés ***(document #14)*** devant moi sont tous traités. Le dernier en date concerne la zone de libre-échange que nous essayons de mettre en place au Liban, mais les Français étant déjà sur place, nous avons fort à faire. Lord Gascoyne prévoit de m'y envoyer rapidement, mais pas dans l'immédiat. Je doute que tout cela me soit d'une grande utilité pour l'instant et je repose le tout. La boîte en bois clair qui trône sur le côté de mon bureau vient tout juste d'être cirée ce matin. La petite serrure sur laquelle est incrustée une fleur est verrouillée. Évidemment, je ne me souviens plus de l'endroit où j'ai mis la clé. Je passe vraiment trop de temps à l'extérieur pour pouvoir me rappeler ce genre de détails. J'entends quelque chose... c'est lointain mais je discerne comme des mots. C'est étrange. Je suis seul dans le manoir. Hudson a été raccompagné et mes domestiques sont affairés. On dirait pourtant une voix. Mais je ne la connais pas. Elle est aigre et désagréable... Ah ! Voilà qu'elle se rapproche. J'ai beau regarder partout autour de moi, il n'y a absolument personne ! Deviendrais-je fou ? Elle ne me semble pas humaine... quel humain parlerait avec une tonalité si étrange ? Si je possède la clé (***trouvaille #12***), j'entends distinctement ce que cette voix me dit en note 1,II. Dans le cas contraire, j'essaye de ne pas y prêter attention, mais cela me semble impossible... Juste à côté, il y a l'encrier d'étain de mon père ***(document #15)***. Il est très sobre mais me tient énormément à cœur. C'était un cadeau qu'il m'avait fait au début de mes études. L'idée de le perdre m'a toujours empêché de l'emporter où que ce soit, je préfère le laisser à sa place et poursuivre. À ma gauche, dans un cadre aux volutes d'or, il y a le portrait d'Édith, ma tendre fiancée... la simple vue de son doux visage de nacre suffit à m'apaiser dans les moments les plus difficiles. L'émotion me submerge... et s'il ne m'était plus jamais donné de la revoir ?

I – Ne remarquez-vous rien ? Derrière la photographie, il y a quelque chose qui empêche le cadre de se fermer totalement. Lorsque vous l'ouvrez, vous découvrez une petite clé dorée avec une fleur ciselée dessus (***trouvaille #12***).

II – Quel œil de lynx ! Vous avez reconnu le motif floral commun à la clé et à la serrure. Bravo. L'objet s'ouvre sous vos yeux embrumés d'excitation et dévoile... encore des dossiers. Votre émotivité vous a-t-elle fait oublier votre propre méthode de rangement ? Ces documents ne vous serviront à rien, vous avez simplement perdu du temps.

III – Vous avez bien fait. Le livre que vous avez entre les mains a dans son titre un indice capital pour la résolution de l'énigme, au cas où vous ne l'auriez pas oubliée. Gardez bien son symbole en mémoire !

2. *La grande vitrine d'angle fermée*

Dieu du ciel ! J'avais oublié ! Elle ne possède pas de serrure... C'est un meuble tout à fait magnifique que m'avait offert l'émir lors de ma première mission diplomatique en Iran. C'était un homme d'une intelligence subtile et il ne faisait confiance qu'à ses propres capacités – une clé était trop simple pour lui. Il avait fait faire cette superbe vitrine pour moi et me l'avait confiée en me disant : « Pour les secrets du lord anglais. » Il y a une série de symboles profondément gravés en ligne verticale au milieu de la jointure du L, cela donne ceci :

♠ ♥ ♣ ♦

Je ne l'ai pas ouverte depuis des années ! Si mes souvenirs sont bons, l'un de ces symboles actionne l'ouverture des battants, mais lequel ? Il y a un élément du même contour qui s'emboîte dedans... Qu'en ai-je fait ?

I – Vous voilà « éclairé » ! 17 heures sonnent à l'horloge. Rendez-vous au tableau #1 : Combinaisons des symboles pour entrer au pays des merveilles, page 183.

II – Remplissez la bouilloire et versez-en le contenu sur la bonne figurine. Référez-vous au tableau #10 des combinaisons du poème d'Humpty Dumpty, page 193.

III – Il a l'air d'un presse-papier, mais ce n'en est pas un. Il ne sert absolument pas à ça, mais loin de son écrin, il peut très bien remplir cette fonction comme une autre. Vous remarquez en effet que la vitrine comporte un trèfle, dans lequel le presse-papier s'intègre parfaitement. Avec un clic délicat, voilà que la grande vitrine d'angle est ouverte. Rendez-vous en 2 bis !

2 bis. La grande vitrine d'angle ouverte

Il m'est impossible de lire plus avant si je n'ai pas l'élément en question qui permet d'ouvrir cette vitrine. Si je ne le trouve pas, il vaut mieux passer à un autre endroit du bureau et ne pas perdre de temps.

Satané casse-tête ! Heureusement que les domestiques ne déplacent jamais rien sans mon autorisation. Si j'avais dû chercher un si petit objet dans tout le manoir, je ne m'en serais jamais sorti. Bien, je puis maintenant continuer l'inspection. Il y a assez peu de choses à dire vrai, mais il me reste encore un peu de temps avant 17 heures, et je suis certain que je trouverai quelque chose d'utile. Le constat est rapide, les seules pièces qui s'y trouvent sont magnifiques, mais autant les regarder de plus près. Je vois un encensoir chinois du XIIe siècle en bronze ***(document #16)***, qui est l'une des fiertés de ma collection. C'est un objet tout à fait remarquable mais il ne me servirait pas à grand-chose. Une statue du dieu Ganesh ***(document #17)***, une divinité particulièrement choyée en Inde pour laquelle je me suis moi-même pris d'affection.

Mon regard glisse et se pose sur une série de livres gravés de lettres d'or sur la tranche. L'un d'entre eux est à l'envers ***(document #18)*** : en le retournant pour le remettre en place, je lis la note 1,III. Qu'y a-t-il de plus... Quelques soieries précieuses présentées couchées pour mieux profiter de leur décor. Rien de particulier à relever. Mes yeux se posent finalement sur une autre curiosité : un kriss. J'ai rapporté cette dague de ma seconde mission au Népal. Il est frappé d'un symbole sur le manche, il me semble que c'est un signe de l'alphabet tibétain – rien d'étonnant qu'il en porte, vu sa provenance.

I – Et si vous retourniez à votre fouille, au lieu de laisser votre esprit papillonner ?

II – N'oubliez pas que vous n'êtes pas libre de vos mouvements ! La pièce que vous avez choisi d'incarner a déjà scellé votre destin. N'oubliez surtout pas qui vous êtes au cours de cette partie.

III – Vous êtes le cavalier, vous devez en effet prendre le siège que vous propose le Lièvre de Mars. Dans ce cas, allez ici : **7 bis, La table de réception : le cavalier joue**.

3. *La cheminée*

En relevant les yeux, je m'aperçois qu'il fait sombre tout à coup. L'horloge française va bientôt annoncer 17 heures et je me sens minuscule d'impuissance face à cette situation. Carroll était-il aussi fou que l'on a pu le supposer à certains moments de sa vie ? Ce malaise étrange ne m'a pas quitté depuis la lecture de cette lettre, et cette voix que je sais ne pas être la mienne prend de plus en plus d'assurance dans ma tête. Tout cela ne me plaît guère... Néanmoins, je ne dispose plus de beaucoup de temps et j'aimerais en avoir le cœur net aussi vite que possible. Fort heureusement, je ne suis pas de nature à me décourager si facilement. Je dois encore vérifier la cheminée. Sur son manteau de marbre noir se dresse le grand miroir en mercure au cadre doré de mon grand-oncle, flanqué de deux lampes à pétrole allumées. Tiens, il y a une aile unique sur l'un des côtés du cadre du miroir, je ne l'avais encore jamais remarquée. Sur le mur en arrière-plan sont exposés plusieurs tableaux, un autre précieux héritage familial

(document #19). Mon père en était très fier et m'en avait fait le commentaire si souvent que les mots avaient fini par ne plus avoir de sens pour le petit garçon que j'étais.
Cette impression de malaise ne me lâche pas. Je ne sais pas si c'est le fait d'avoir examiné tous ces vieux souvenirs qui me rend nerveux, mais il va falloir que je me reprenne. Cette petite voix est très irritante. Impossible de savoir d'où elle provient, j'ai l'impression qu'elle résonne dans ma tête. Ses remarques sont plutôt justes, mais entendre des voix n'est jamais bon signe. Tout ceci est très étrange, j'espère ne pas suivre Carroll dans la folie qui était la sienne. La lettre est-elle maudite ? Dans quelques contrées, j'ai vu des gens terrifiés à l'idée de subir le mauvais sort... Non, je dois rester calme et mettre un terme à tout ça. Il faut au moins essayer. C'est tout de même étonnant que le crépuscule tombe aussi rapidement. Nous ne sommes qu'en novembre et dans mon souvenir Londres profite d'un ciel clair au début de l'hiver, mais ce sont peut-être mes pensées qui obscurcissent les choses. J'entends distinctement

cette désagréable petite voix me dire quelque chose en note 2,I.

I – Si vous incarnez le fou, vous ne pouvez effectivement que rejoindre le Chapelier. Je vous invite à vous rendre ici : **9, La table de réception : le fou joue**.

II – Vous constatez que les chaises sont faites en os humains grossièrement peints en marron pour donner l'illusion du bois. Mais ce n'est pas non plus du tissu qui en recouvre les sièges, mais des cheveux. Les vôtres se dressent sur votre tête.

III – En regardant d'un peu plus près, vous remarquez une trappe dessinée sous le siège de votre double. Heureusement, le vôtre n'a pas l'air piégé de la sorte.

Première partie

Le trèfle porte toujours chance

4. L'autre côté de la cheminée

Je ne puis lire cette partie tant que je n'ai pas résolu l'énigme de la lettre.

Une fois arrivé ici, il n'existe aucun moyen de revenir en arrière. Peut-être auriez-vous dû vous en inquiéter avant d'ailleurs, cependant il est trop tard.

Je m'approche sous la lueur vacillante des lampes à pétrole. L'horloge retentit de son gong sonore lorsque soudain mon reflet se trouble pendant une brève seconde. Ah ! Il redevient net ! Mais... il me fait signe ! Je suis pourtant immobile. Il m'invite à le suivre puis... s'en va ! Il prend la porte qui mène au couloir ! C'est impossible ! Carroll avait raison ! C'est incroyable... Il ne m'est plus permis de reculer maintenant. Ma main se tend vers la surface du miroir, le contact du voile de mercure est très étonnant, il n'est pas plus consistant que de l'eau et ma main s'y enfonce sans peine. Que c'est froid ! Mais je ne sens rien de l'autre côté, il doit y avoir de l'air comme dans notre monde. J'y passe mon bras, puis le buste et enfin mon corps tout entier pour ressortir... sur le manteau de la cheminée, accroupi. L'expérience est absolument incroyable ! C'est de la folie dans le sens le plus littéral du terme. Je n'ai pourtant pas le sentiment d'être en transe ni le souvenir d'avoir ingéré une drogue quelconque. Il me faut accepter la réalité. Qu'importe, de toute façon... J'y suis maintenant. C'est assez machinalement que je balaye l'endroit du regard. Tout est inversé, rangé cependant. Mon bureau s'étend devant moi, tout comme il est en réalité ; toutefois, un simple coup d'oeil me permet d'y déceler un fait singulier : chaque meuble semble respirer. Je ne dois pas me laisser surprendre, étant pris au piège puisque j'ai accepté d'entrer dans le monde de l'absurde. Tout cela est très perturbant, il n'y a aucun bruit mais l'atmosphère est très lourde. J'ai la sensation d'être étriqué et épié... je dois vite sortir d'ici. Au moins, la présence des meubles dans la pièce n'a pas changé. Tout semble en place, sauf que les meubles ont... des sortes de... comme des... yeux ? Ma table de bureau est littéralement en train de me regarder !

– Hé là !

– Mais... Vous pouvez voir et parler ?

– Évidemment que nous pouvons parler, *my Lord* ! Que faites-vous de ce côté-ci ?

– Eh bien, je suis mandaté pour retrouver une jeune fille qui se serait perdue dans ce monde.

– Nous vous avons vu derrière le miroir, tenter de trouver l'entrée. C'était assez bien joué.

– Heu... Je vous remercie.

– Nous avons aussi remarqué l'homme qui est venu vous voir.

– Hudson ?

– Vous devriez rester sur vos gardes. Maintenant que vous êtes ici, les choses ne seront plus les mêmes.

– Je ne m'attends pas à ce qu'elles le soient.

– Vous devriez sortir maintenant, la partie a déjà commencé.

– La partie ?
– Les noirs sont en train de jouer, il ne vous reste pas beaucoup de temps pour entrer sur l'échiquier.
Plusieurs autres voix s'élèvent avec celle de la table, j'ai l'impression que chaque chose a un point de vue à émettre.
– Partez maintenant. Allez !
C'est un comble, me voilà chassé de mon propre bureau. Le plan de la pièce n'a pas changé, il me suffit de prendre la porte qui mène au couloir du manoir.
– Bonne chance.
Je ne saurais dire pourquoi, mais je trouve que cet encouragement sonne très faux. Inutile, à mon sens, que je me donne la peine d'y répondre. Mais qu'importe, maintenant que je suis réellement derrière le miroir, c'est au conseil de Carroll que je dois me fier. Il est clair dans sa lettre : rester sur ses gardes. En me dirigeant vers la porte, mieux vaut éviter de marcher sur mon tapis, il risquerait de hurler à la mort en étant piétiné. Son regard désapprobateur ne me dit rien qui vaille. D'ailleurs, il me semble voir quelque chose dépasser de l'un de ses coins…

30. LE PAYS DES MERVEILLES

– Vous permettez que je regarde ?
– Faites donc, mais dépêchez-vous. Je n'aime pas être trop manipulé, c'est assez humiliant.
– Je vous remercie.
C'est une feuille de papier jaunie. On dirait des symboles tibétains... Bizarre. Je n'ai pas le souvenir d'avoir rapporté ce genre de chose du Népal. « Signification des symboles mystiques » ***(trouvaille #3)***... Bon... Autant le garder, cela ne me prendra pas trop de place au fond de ma sacoche, je suppose que j'aurai l'occasion de le consulter à un moment ou à un autre dans mes Trouvailles, page 149.

I – Il y a de l'idée... Retentez votre chance.

II – Vous vous souvenez des conseils de votre mère qui, lorsque vous étiez petit, vous disait qu'une boisson chaude faisait toujours du bien lorsque l'on avait eu un choc. C'était une femme d'une grande sagesse, votre mère... Dans ce cas, acceptez donc le thé fumant du Chapelier, et rendez-vous note 5,II.

III – Vous ne vous laissez pas impressionner par ces monstres et vous avez raison ! Rien ne vaut de garder son sang-froid, mais si j'étais vous, je choisirais quand-même de boire quelque chose. Choisissez le thé et allez en note 4,II, mais si vous prenez la fiole, poursuivez votre lecture.

5. L'antichambre

Choisissez votre pièce sur l'échiquier.

Je ne m'attendais absolument pas à ne pas déboucher sur le couloir de ma propre maison. Me voilà dans une petite pièce sans fenêtre, en arc de cercle comme une abside, éclairée par une douzaine de chandelles blanches, quatre portes en bois les unes à côté des autres renfoncées dans le mur incurvé. Chaque porte possède un symbole de pièce d'échiquier. Je compte le fou, la dame, le cavalier et le pion. Il n'y a pas grand-chose d'autre... Le sol est un grand damier noir et blanc carrelé. D'ailleurs, c'est étonnant. Il y a deux cases blanches l'une à côté de l'autre, au milieu de la pièce. À y regarder de plus près, je les trouve assez bizarres... Chacune d'elles porte un symbole identique : ཐ་.C'est probablement le signal de quelque chose à trouver. Je remarque que la dalle de droite n'est pas scellée au sol. En insistant un

peu, je réussis à la soulever sans trop de mal. Je ne vois rien pour le moment, mais je crois avoir un certain tableau qui me permettra de découvrir un indice. (Voir Trouvailles, p. 149.)
Soudain j'entends :
– Vous êtes à la recherche de quelque chose ?
Cette voix ! C'est celle qui s'est invitée dans ma tête depuis tout à l'heure, mais il y a quelque chose de bizarre.
– Hum... Oui, effectivement. Veuillez m'excuser.
Tout d'un coup, un grand chat gris, affichant un sourire aussi large qu'un croissant de lune, apparaît en flottant au-dessus des linteaux des portes. Je crois que la surprise l'a emporté sur la peur. Il me regarde de ses énormes yeux verts tout en battant de la queue. Cette bête ne m'est pas étrangère... Carroll l'a présenté dans son œuvre. Ainsi, c'était vrai... J'ai beau savoir que je suis passé derrière le miroir, tout ceci me semble trop étrange pour être réel. Heureusement pour moi, les écrits de mon ancien professeur m'avaient beaucoup marqué. Je devrais me souvenir des personnages... Mais il y a quelque chose de bien plus malveillant dans l'atmosphère. Je ne dois pas oublier les avertissements de la lettre...

34. LE PAYS DES MERVEILLES

Il n'empêche que je comprends mieux le malaise que je ressentais tout à l'heure à l'écoute de cette voix... Un tel animal ne devrait pas être doté de la parole... Ni d'un sourire si... dérangeant. Je n'arrive pas à savoir s'il est sadique ou bienveillant. « Il faut éviter de contrarier les fous », c'est une sage expression que je vais essayer d'appliquer. Je dois être courtois.

– Vous êtes le célèbre Chat du Cheshire ? Ce ne peut être que vous.

– En effet, finement observé, mon cher.

– Quelle est cette pièce ? Elle ne fait pas partie de ma demeure, c'est étrange. Mon bureau était pourtant toujours le même, si je puis dire... à ceci près qu'il n'était pas réellement identique à celui d'où je venais.

– Il est pareil et pourtant pas le même. Cela vous semble-t-il plus juste ?

– Certes, j'imagine que c'est en effet plus judicieusement présenté.

– Je vois que mes conseils vous ont été utiles pour arriver au moins jusqu'ici, mon cher.

– Votre aide me fut précieuse.

La condescendance de sa voix m'exaspère, mais il ne serait pas prudent de le contrarier.

Si ce maudit chat peut me guider, j'imagine qu'il peut aussi bien me perdre si l'humeur lui en dit.

– Le seul reflet de ce monde accessible depuis le vôtre, c'est celui du miroir de votre bureau, sir. Tout ce qui n'y est pas reflété n'a pas à suivre d'autre logique que celle de son propre univers. Vous êtes dans l'antichambre du pays des merveilles. Passer simplement d'un reflet à un autre par l'intermédiaire d'un miroir est bien trop simple, d'autant plus qu'il serait impensable de ne pas vous accueillir convenablement, sir.

– Votre zèle m'honore mais... que je dois-je faire ici ?

– Vous devez choisir la pièce que vous voulez jouer : le pion, la dame, le cavalier ou le fou pour cette partie. Mais ne vous y trompez pas, seule l'une d'entre elles ira jusqu'au bout. Les trois autres se feront prendre, il ne peut en être autrement. Avez-vous trouvé quelque chose pour vous aider dans votre choix ?

– Je crains de ne pas comprendre...

– Allons, allons. Ne me dites pas que vous n'avez pas assez de curiosité pour ouvrir un certain petit paquet ?

Le paquet de Dogdson ! Je l'avais complètement oublié ! Cette bête étrange a raison, d'autant plus que je suis dans l'autre monde maintenant, tout comme il me l'ordonnait. En déchirant le papier kraft, je découvre une série de feuillets. Il y a un petit livre de recettes anglaises ***(trouvaille #8)***, étrange pour la circonstance... un carré de papier brun ***(document #3)***. Et pour finir, une feuille volante intitulée « Une question idiote » ***(trouvaille #7)*** ! Est-ce tout ? Que puis-je faire avec ça ? M'a-t-il pris pour un cuisinier ? Ces farces commencent à m'agacer... J'ai l'impression que le Chat du Cheshire s'est aperçu de mon état. Son regard semble de plus en plus perçant alors que son sourire s'élargit... Ses dents sont particulièrement longues...

– Prêt pour commencer la partie, mon cher ? Vous devez résoudre l'énigme inscrite sur le carré de papier brun.

– C'est bien ma chance... Moi qui suis particulièrement mauvais aux échecs, les choses se présentent mal.

– N'ayez crainte, sir. Point n'est besoin de savoir y jouer pour gagner la partie. Vous ne vous apercevrez même pas que vous vous déplacez sur un échiquier.

– Quel en est l'intérêt dans ce cas ? Cela n'a pas de sens.

– Mais mon cher, ce n'est pas ici qu'il vous faudra chercher un sens aux choses. Vous êtes très différent de l'autre...

– De l'autre ? Vous voulez dire qu'il y a quelqu'un d'autre ? Vous l'avez vue ? Quand était-ce ?

– J'entends par là que vous n'êtes pas ici de votre plein gré. Mais certes, oui, il y a eu quelqu'un d'autre.

– Une jeune fille ? Vous avez vu la jeune Alice ?

– Une jeune fille ? Oui... certes. Elle est toujours ici d'ailleurs. Pauvre enfant. Elle ne peut pas sortir de ce monde par ses propres moyens.

– Je suis venu pour la retrouver et la ramener avec moi. M'aiderez-vous ?

– N'est-ce pas ce que je m'emploie à faire depuis le début, mon cher ?

– Vos méthodes de communication sont surprenantes...

– Si fait, sir. Vous avez un petit grain de folie, bien enfoui en vous. Il ne fut pas facile à trouver, néanmoins, c'était l'accès dont j'avais besoin pour entrer dans votre tête.

– Soit. Je vous fais confiance.

– Voilà une sage décision. Ou une très irréfléchie, s'il en est. Je vous donnerai les informations dont vous aurez besoin au fur et à mesure de votre avancée. L'équilibre est somme toute maintenu.

– Que dois-je savoir d'autre ?

– Vous risquez de rencontrer votre propre corps comme un reflet de vous-même mais inanimé. Ne cédez pas à la peur, vous laisseriez place à la folie. Ce sont simplement des incarnations possibles. Vous avez la possibilité de modifier la pièce que vous souhaitez jouer à certains moments. Mais attention, vous ne pouvez en changer qu'une seule par lieu que vous visitez, et peut-être n'aurez-vous pas le moyen de faire machine arrière, alors soyez très prudent. Parfois, cela sera votre seul espoir de vous en sortir vivant. Si vous choisissez de changer votre incarnation, vous n'aurez qu'à boire la fiole portant l'étiquette de la pièce que vous souhaitez incarner. Vous en trouverez dans les lieux que vous visiterez, notez bien : une fiole et pas autre chose. Oh, une dernière chose : soyez certain que vous pourrez me retrouver si vous voulez tenter de retourner sur vos pas. Je me trouverai dans un arbre chargé de pancartes. Elles vous indiqueront les noms des personnes que vous pouvez retourner voir, ce sera votre seul moyen de retourner en arrière. Dans le cas bien sûr où je vous y autoriserai !

– Très bien...

– Quelle porte choisissez-vous ? Laissez-moi vous remémorer que vous avez peut-être accès à des éléments qui pourraient vous aider... dans l'éventualité, bien sûr, que vous n'ayez rien oublié derrière vous. Vous devriez jeter un œil au tableau #1 : Combinaisons des symboles pour entrer au pays des merveilles, mais ce n'est qu'un simple conseil. La partie est en cours, mon cher, cela veut dire que toutes les pièces, y compris celles que vous n'incarnez pas, jouent avec vous. Vous savez sans doute que chacune a des mouvements spécifiques uniques. Le fou ne peut pas faire le même mouvement que le cavalier par exemple. C'est pour cette raison que vous devrez vous contenter de suivre les indications réservées à votre pièce et uniquement à elle.

Si vous êtes prêt, alors suivez mes instructions :

Choisissez le cavalier et jouez contre le Chapelier Fou. Rendez-vous directement à la Première partie, en 6, La Chapellerie et salon de thé.

Choisissez la dame et jouez dans le village. Rendez-vous directement à la Deuxième partie : Ne poivrez pas trop la soupe !

Choisissez le pion et jouez dans la tour du village, en 19. Rendez-vous à la Deuxième partie : Ne poivrez pas trop la soupe !

Choisissez le fou et jouez contre le Lièvre de Mars. Rendez-vous directement à la Première partie, en 6, La Chapellerie et salon de thé.

– À très bientôt, mon cher ! Ah ! Mais voilà que je pense à quelque chose.... Ce n'est peut-être rien... ou peut-être que si... Vous pouvez toujours en juger en 2bis, II.

I – Les symboles des deux étiquettes étant identiques, c'est peut-être une piste. Sait-on jamais ? Vous avez peut-être choisi la mauvaise pièce dès le départ ? Que peut-il arriver ? Vous mourrez de toute façon, maintenant ou plus tard, quelle importance ? Prenez la fiole et rendez-vous en note 6,I.

II – C'est la fin, j'en ai peur, allez en mort #9, page 228.

III – Vous ne pouvez plus revenir en arrière à présent. Vous avez changé de place et êtes maintenant à côté du Lièvre de Mars. Le Chapelier semble déçu, mais le sentiment de soulagement que vous ressentez n'est pas infondé. Vous êtes maintenant le cavalier et c'est à votre tour de jouer en **7 bis, la table de réception : le cavalier joue**.

6. La Chapellerie et salon de thé

Le cavalier et le fou entrent sur l'échiquier, eux seuls peuvent lire.

Sur le ciel chargé de nuages sombres et marbrés de veines rouges se détache une haute façade fatiguée. Toute en pierres taillées grossièrement, croulant sous un lierre fané, elle supporte une large enseigne de fer forgé, sur laquelle je peux lire entre deux balancements grinçants : La Chapellerie et salon de thé.

Je comprends... je m'apprête à rencontrer le fameux Chapelier Fou. L'inquiétude m'étreint à cette idée, d'autant plus que je constate rapidement que la façade fait partie d'une grande ruine et qu'il s'agit du seul mur encore debout. À la place des parois, de grands arbres morts, dont les branches sèches avancent leurs noirs doigts noueux au-dessus du reste, forment un ensemble très étrange qui se confond dans l'ombre qui m'entoure. Je ne suis même pas certain qu'il soit réellement question d'une ruine. Au contraire, il est tout à fait possible que l'architecture fût pensée de cette façon. Je ne me souviens point de détails architecturaux dans les écrits de Carroll, mais ils avaient peut-être été omis pour cette raison : c'était inconcevable dans l'Angleterre policée de ce XIXe siècle. Pourtant, je ne saurais dire pourquoi, tout ceci forme une harmonie tout à fait singulière et je me sens attiré par cette porte branlante. Quoi qu'il en soit, le sentier sur lequel je marche se poursuit jusqu'à la porte d'entrée du lieu. Il ne fait aucun écart, ni ne s'arrête devant la maison. Au contraire, j'ai l'impression qu'il passe sous la porte. Aurait-on construit ceci sur la route même ? Je ne peux me dérober, l'ombre s'opacifie de seconde en seconde. Elle resserre son étau autour de moi, sans me laisser la moindre issue. Il ne semble pas y avoir d'autre choix. Je pousse la porte de bois pourrissant et entre dans un souffle.

À peine passé la porte, je suis surpris du peu de visibilité. Je n'y vois presque rien. J'aurais imaginé que sans mur ni toit construit, un peu de lumière naturelle se serait au moins faufilée entre les branches, mais il n'en est rien. L'endroit est peut-être abandonné. Un tel état de délabrement ne peut s'expliquer que de cette façon. Quel soulagement ! Peut-être n'était-ce pas si important que de venir ici, j'ai très certainement dû mal regarder autour de moi tout à l'heure. Le sentier doit continuer à un autre endroit, voilà tout. Bien, je ne vais pas m'attarder ici. Fouiller une sombre ruine inhabitée ne ferait que me mettre en retard. Je rebrousse donc chemin et saisis la poignée de la porte, soulagé de quitter cette odeur qui me dérange soudainement. Eh bien ? La porte ne bouge pas. Essayons encore... Non. Diable ! J'ai beau m'y appuyer de toutes mes forces, cette maudite porte ne cille même pas ! On dirait qu'elle est scellée ! Peste soit de ce monde et de ses règles ! Aucune pièce ne peut jouer en arrière ! Me voilà enfermé dans la boutique de chapeaux.

Une nouvelle luminosité orange, légère mais bien présente, me permet de balayer la pièce du regard une seconde fois. L'endroit semble relativement spacieux, aménagé en quatre espaces. Au centre se trouve une immense table rectangulaire, chargée de plusieurs kilos de vaisselle, autour de laquelle ont été disposées une vingtaine de chaises vides. La pénombre est encore trop importante pour me permettre d'en discerner davantage. Moins de dix pas à ma droite, j'aperçois l'encadrement d'une porte qui supporte un petit écriteau, sur lequel il semble inscrit quelque chose que je n'arrive pas à lire de là où je me trouve. L'intérieur y est noir, aucun bruit ne s'en échappe. Presque immédiatement à ma gauche, ce qui devrait être le coin de la pièce est occulté par de lourds rideaux de velours rouge. Cela me semble assez large pour y dissimuler quelque chose, comme un lit d'appoint par exemple. Plus loin, le long d'un énorme tronc d'arbre gris, s'étend une bibliothèque de fortune qui croule bien plus sous la poussière que sous le poids des livres. Je dois choisir par quel côté commencer ma fouille.

I – Vous ne pouvez plus revenir en arrière à présent. Vous avez changé de place et êtes maintenant à côté du Chapelier. Son sourire féroce vous ferait presque instantanément regretter votre geste. C'est à présent au fou de jouer, rendez-vous en **9, La table de réception : le fou joue**.

II – Si vous avez déjà discuté avec le Lièvre et le Chapelier, vous êtes libre de partir. Mais vous passez à côté de quelque chose.

III – Consultez les symboles de vos Trouvailles et allez voir le tableau #5 des combinaisons des symboles mystiques. Si le symbole sur cet écriteau ne vous évoque rien, vous ne pourrez aller plus loin.

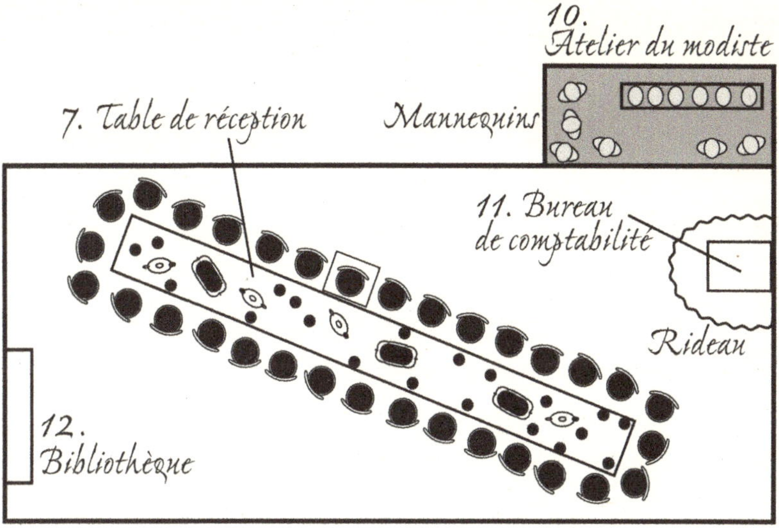

7. La table de réception

Un énorme bruit sourd me fait sursauter tandis qu'une lueur aveuglante me brûle les pupilles. J'entends une voix traînante qui beugle : « Hé là ! Êtes-vous satisfait ? Vous nous avez fait perdre le jeu ! » Ce à quoi une autre voix répond, plus tonique mais aiguë : « Que voulez-vous, mon cher ? Je ne puis rester en place trop longtemps. Cela me rend beaucoup trop nerveux. J'en veux pour responsable ce breuvage tiède que vous nous faites boire sans arrêt. » Le premier lui rétorque : « C'est votre hérésie qui est la seule à blâmer ! Sucrer le thé ! Quelle idée ! » Ce court laps de temps me permet de m'habituer à la lumière et je puis enfin nettement voir ce qu'il se passe devant moi. Sans grande surprise, c'est un homme frêle sous un haut-de-forme trop large pour lui et un lièvre humanoïde qui sont attablés là. Il va sans dire que les portraits qu'en avait faits Carroll n'ont absolument rien de commun avec les abominations assises devant moi. Pour la postérité, je me dois d'en faire la description. Je m'imaginais, concernant le Chapelier, une sorte de dandy tombant peu à peu en désuétude, portant encore certains signes d'une élégance fanée et les traits d'un homme sans âge. À ce moment précis, je me renfrogne et tente de respirer le moins profondément possible : l'homme porte tous les stigmates de la lèpre. Son haut-de-forme trop large pour sa pauvre tête dissimule son regard perçant dans l'ombre et laisse pendre de lamentables mèches de cheveux gras qui tombent de-ci de-là sur ses épaules. Habitué aux maladie exotiques dont certaines se terrent dans les caves portuaires de Londres, j'en ai assez vu lors de mes voyages aux Indes et sais que je ne risque rien tant qu'il n'y a pas de contact physique direct. Puisqu'il porte des gants blancs, je me sens relativement rassuré.

Le reste de sa tenue n'a guère d'importance, elle correspond à la tenue classique d'un tailleur anglais : pantalon, veston, chemise et veste. À ceci près que leur vétusté fait peine à voir. De haute taille, sa stature domine une bonne partie de la table. Je n'ose imaginer la prestance dont il jouissait alors qu'il était encore en bonne santé.
Le Lièvre quant à lui est clairement atteint de la gale. Elle lui dévore ce qui lui reste de fourrure un peu partout, ainsi que la peau, jusqu'à l'os à certains endroits. Je ne peux réprimer un rictus de dégoût lorsque j'aperçois, grouillante dans une large plaie, une colonie de vers dont certains tombent sur la table. Ses yeux vitreux baignent dans une lueur malsaine qui transpire la folie et se posent à n'importe quel endroit de la pièce avec frénésie. Il est entièrement habillé comme un être humain : pantalon court, chemise et veston, eux aussi élimés jusqu'à la fibre.
Les deux compères, ayant interrompu leur querelle, me dévisagent maintenant intensément. L'homme m'interpelle d'un sourire carnassier, ses dents étant beaucoup trop longues pour sa bouche dont la proportion est déjà démesurée :
– Allons, l'ami ! Ne restez pas planté là dans les courants d'air. Venez donc partager une tasse de thé.

Une série de trous plus ou moins larges parsèment ses joues et laissent entrevoir l'intérieur de sa mâchoire, j'en frémis.

– Oui, mon cher ! Prenez place près de moi ! me lance le Lièvre.

– Certainement pas ! Il va s'asseoir de mon côté ! rétorque le Chapelier.

Pendant qu'ils parlaient, j'ai regardé d'un peu plus près les chaises qui entourent la longue table. Je ferais mieux de me rendre en note 3,I[I] avant de continuer. Le fauteuil que me propose le Lièvre est frappé d'un symbole. C'est un fer à cheval . En revanche, devant la place que me désigne le Chapelier, il y a une carte du tarot de Marseille : l'arcane du Fou . Il est facile de comprendre : si j'incarne le cavalier, je dois prendre le siège du Lièvre de Mars, mais si je suis le fou, je dois m'asseoir à côté du Chapelier Fou. À moi de me repérer maintenant. Si je suis le cavalier, je vais en note 2bis, III. Si je suis le fou, je me rends en note 3,I.

I – En admettant que vous ayez bien répondu à l'énigme posée par le corbeau, prenez l'objet que vous avez découvert dans le bureau de comptabilité (***trouvaille #5***).

II – Vous vous détournez ? On ne peut pas dire que le courage vous étouffe ! J'espère que vous ne traitiez pas les affaires que Sa Majesté vous confiait aux Indes de cette façon.

III – Vous passez la porte ?! Parfait ! Vous commencez à comprendre comment fonctionne ce monde, bien, je vais vous aider… poussez simplement le côté que vous voudrez. Profitez-en : pour cette fois seulement, il n'y aura pas de conséquences sur ce genre de choix. Poursuivez votre lecture normalement.

7 bis. La table de réception : le cavalier joue

Ne lisez cette partie que si vous incarnez le cavalier et vous asseyez près du Lièvre de Mars. C'est avec une grande angoisse que je détaille chaque élément qui compose la tablée. En effet, la prudence est de mise… Le long meuble est recouvert de plusieurs nappes entrecroisées, dont les fibres ressemblent à s'y méprendre à la peau humaine lorsqu'elle sèche et devient légèrement brune. Quelques napperons en ornent certains coins, crochetés avec des boyaux encore humides et sanguinolents. Mais je pense

que le plus affreux n'est autre que les aiguières, quelques tasses et autres théières sculptées en os. J'en compte plus d'une trentaine, disposées nonchalamment entre les porcelaines et les opalines.
J'avance pour m'asseoir et prends le siège près du Lièvre, et je découvre finalement mon double attablé en face de moi, à gauche du Chapelier. L'être inerte à mon effigie est affublé d'une étiquette portant la silhouette de la pièce du fou. Ses yeux vides et sa mine de mort me laissent une idée peu flatteuse de ce à quoi je pourrai ressembler si je ne prends pas garde à ce petit jeu. Maintenant que je le vois, je prends conscience du danger de ma situation… J'ai déjà vu des cadavres dans ma carrière mais ce sont des spectacles dont je me serais bien passé. De la sueur froide coule dans ma nuque, je sens la peur s'emparer de moi mais je dois faire un effort ! Ce n'est pas le moment de flancher. Une fiole est posée au milieu de tout ce désordre, avec une étiquette identique à celle que porte mon funeste double. J'imagine qu'il m'est permis de décider si je souhaite changer d'incarnation ou non, que faire ? Si je décide

de la boire, mieux vaut écouter ce que le Chat du Cheshire a à me dire en note 5,I. Sinon, je poursuis ma lecture.

J'ai la désagréable sensation d'être inconfortablement assis. Vérifions ce siège en note 3,III.

Soudain, le Chapelier et le Lièvre me crient en chœur :

– C'est l'heure !

– De quelle heure parlez-vous ?

– C'est le moment du jeu ! me répond le Lièvre.

– Très bien. Il n'y a pas de meilleur moment, surenchérit le Chapelier.

– Ceci dans l'éventualité où vous voulez quitter cet endroit vivant, n'est-ce pas ? dit le Lièvre.

Je me rends à cette réflexion et réponds le plus calmement possible :

– Certes...

Quelle folie ! Quand je pense que je n'ai toujours rien trouvé concernant Alice. Avec ce que je constate ici, je serais même étonné de la retrouver réellement en vie ! Finissons-en, je ne puis plus supporter ces deux fous.

Le Chapelier sort de sous son veston quatre cartes qu'il pose sur la table, non sans avoir balayé tout ce qui s'y trouvait auparavant.

54. LE PAYS DES MERVEILLES

Le Lièvre se tourne vers moi et m'explique :
– Bien, il s'agit d'un jeu de logique, mon cher. Si vous trouvez la bonne réponse, vous gagnez. Dans le cas contraire, vous aurez un gage. Mais attention, il n'y a qu'une seule bonne réponse.
– Tout à fait, continue le Chapelier. D'ailleurs, vous m'êtes sympathique. Si nous l'aidions, mon cher ?
– Si fait !
– Parfait ! Allons, cher hôte, il n'y a pour ainsi dire qu'une seule bonne réponse. Cependant, nous allons être magnanimes et vous permettre de vous tromper.
– Votre générosité m'honore. Seriez-vous assez aimables pour me poser la question ?
– Oui, oui, en effet, répond le Chapelier. Bien, la voici : si la carte est marquée d'un trèfle sur son verso, alors il y a toujours un cœur sur son recto. Vous pouvez retourner deux cartes pour vérifier cette affirmation, lesquelles ?

Lorsque mon choix est fait, je me reporte au tableau #2 : Combinaisons du jeu de logique du Chapelier Fou et du Lièvre de Mars et en suis les instructions. Je ne peux aller plus loin dans ma lecture tant que cette énigme n'est pas résolue.

I – Je vous ai donné la réponse ! Cherchez mieux que ça.

II – Diable ! Voilà le contenu du tiroir perdu ! Il doit y avoir un mécanisme qui détruit ce qu'il contient si la combinaison n'est pas la bonne… C'est bien votre veine… vous n'avez d'autre choix que de continuer à explorer la boutique, mais vous avez la désagréable impression d'être passé à côté de quelque chose.

III – S'il n'y a rien dans vos Trouvailles qui puisse vous donner une indication quelconque, je vous conseille de sortir d'ici. Votre port de tête pourrait donner des idées au Chapelier, ne restez pas trop longtemps par ici.

8. *Une logique à toute épreuve*

Vous n'accédez à cette partie que si vous avez résolu l'énigme des cartes.

– Voilà qui est impressionnant, mon cher, me dit le Chapelier.

– Oui ! Oui ! Très impressionnant ! Donnez-lui sa récompense, crie le Lièvre.
Le Chapelier cherche frénétiquement quelque chose dans ce qu'il reste de vaisselle sur la table et arrête son regard satisfait sur une boîte. Il l'ouvre et y prend un morceau de papier qu'il me tend en disant :
– Tenez.
C'est une étiquette ornée d'une petite fleur mauve et sur laquelle est écrit le simple mot : Souvenir ***(trouvaille #4)*** .
– Qu'est-ce ?
– Cela est très important, mon cher. Vous en aurez besoin si vous arrivez jusqu'à la fin de cette quête insensée.
Le visage du Chapelier, alors qu'il me répondait, avait changé. Il avait l'air tout à coup très sérieux.
– Très bien !
Le Lièvre tire sur une chaîne qui vient de tomber du plafond et m'indique un endroit dans le tronc d'un arbre derrière lui. Une ouverture s'y dessine progressivement.
– Vous pouvez vous en aller, si vous en avez fini ici. N'ayez crainte, elle restera ouverte tant que vous ne serez pas sorti.

Si je décide de m'en aller, je jette un regard inquiet autour de moi, j'inscris l'étiquette dans mes Trouvailles et me prépare à quitter les lieux ; sinon, je peux visiter d'autres lieux de cet endroit. Je m'engouffre dans l'ouverture sombre sans regretter de quitter cet endroit maudit. Rendez-vous en Deuxième partie : Ne poivrez pas trop la soupe ! p. 79.

I – Vous avez trouvé ? Bon, sortez d'ici, vous ne servirez à personne une fois mort. Quoique... On ne peut pas nier qu'ici, les cadavres sont recyclés. C'est assez poétique, ne croyez-vous pas ? D'offrir une seconde vie, ou de donner un sens à la mort. La luciole s'est éteinte, pour l'amour de la Reine, sortez...

II – Vous pouvez constater que les cercles sont mobiles, je pense qu'il y a une combinaison à trouver. Mais laquelle, et pour faire quoi ? Quel suspense ! Un esprit anglais comme le vôtre n'est pas trop bousculé, j'espère ? Vous devez faire correspondre les bons symboles entre eux pour résoudre l'énigme que le corbeau vous a énoncée.

III – Vous devriez regarder tout ce désordre d'un peu plus près. On ne sait jamais, les factures en disent long sur les personnes qui les émettent. Poursuivez votre lecture.

9. La table de réception : le fou joue

Ne lisez cette partie que si vous incarnez le fou et vous asseyez près du Chapelier.

Je prends place près du Chapelier, non sans un certain soulagement de ne pas me retrouver directement au contact de la charogne qui partage sa table.

– Vous avez failli manquer notre séance de jeux, me dit-il non sans réprimer un sourire.

– De quoi s'agit-il ?

– Peut-être devriez-vous regarder ce qui vous est présenté, souffle une petite voix provenant d'une théière.

Avant que je puisse faire attention à quoi que ce soit, une vision d'horreur accapare mon regard. Je constate avec effroi la véracité des dires du Chat de Cheshire : il y a mon double inanimé assis juste en face de moi. La ressemblance est angoissante, j'ai l'air aussi mort qu'un cadavre mais prêt à s'éveiller à tout instant. Les yeux ouverts révulsés en arrière, le teint blême et la nuque pliée en deux, ma tête est écrasée sur mon épaule. Mon corps, inerte, est affublé d'une grande étiquette plantée au milieu de ma

poitrine avec, pour ornement, la silhouette d'un cheval de profil.

J'entends les deux ignobles compères hurler de rire devant ma mine déconfite. Les brutes ! Pourtant, j'arrive à me ressaisir suffisamment pour jeter un coup d'œil à la table, je ne distingue pas grand-chose sauf ceci : une fiole scellée d'un bouchon, parmi les étranges théières et les tasses fissurées. Elle porte une étiquette, la même que celle qui est épinglée sur mon double : le profil d'un cheval.

– Il l'a vue ! Il l'a vue ! crie le Lièvre.

Je sursaute, comme un enfant pris sur le fait, mais le Chapelier s'approche lentement de mon visage, un large sourire aux lèvres.

– Alors, l'ami ? Voulez-vous une tasse de thé ?

– Non ! Faisons-lui goûter autre chose ! hurle le Lièvre.

– Je vous dois bien une faveur, mon cher. Très bien, proposons-lui chacun un breuvage dans ce cas.

Le Chapelier m'indique une théière d'un blanc immaculé, tandis que le Lièvre me montre la fiole en me disant :

– L'un des deux a très mauvais goût, il me semble.

Le contraire m'eût étonné... L'information est primordiale, en effet. Mais ces deux malades pourraient s'en prendre à moi si je n'accepte pas l'une de leurs propositions. J'hésite... La voix du Chat résonne dans ma tête en note 4,III. Le contenu de la théière ou de la fiole ?

Ne lisez la suite que si vous buvez la fiole, sinon c'est que vous avez préféré le thé du Chapelier, dans ce cas, rendez-vous en 4, II.

Je tente le tout pour le tout et saisis la fiole. Quand je la débouche, une odeur âcre me prend à la gorge, mais je n'ai pas le choix et l'engloutis. Le liquide descend dans ma gorge avec difficulté, c'est sans doute l'odeur qu'il dégage qui m'inspire quelque réticence. Je me sens soudain fiévreux. Ma tête pèse de plus en plus lourd, mon cœur se serre, j'ai l'impression qu'il va exploser ! Ah ! Je suis aspiré ! Quelque chose me fait sortir de mon corps ! C'est une sensation insupportable, je suis comme le poison qui est retiré d'une plaie. Qu'ai-je fait ? Tout devient noir.

J'ouvre violemment les yeux. Mes poumons se gonflent d'un coup jusqu'à me faire mal. Je me sens lourd ! Chacun de mes membres se rappelle à moi en me brûlant, mon sang bouillonne dans mes veines. Je n'en crois pas mes yeux lorsque je me rends compte que je suis assis de l'autre côté de la table, à la droite du Lièvre de Mars. Un instant plus tard, et je réalise que j'ai changé d'incarnation et suis devenu le cavalier. Que va-t-il se passer maintenant ? Le Chat me parle en note 5, III.

I – Tiens, tiens... un visage connu. Mais qui est sur cette photographie ? Je vous invite à consulter le ***document #4***.

II – Le tableau #6 va vous aider à répondre à cette énigme. Ce que l'on peut affirmer sans le moindre doute, c'est que les écrivains écrivent sur des bureaux, mais aussi sur des sujets d'écriture. Vous avez compris l'astuce ?

III – Il est vrai que cet auteur aimait beaucoup ces créatures volantes... Il en a fait le sujet de l'un de ses poèmes les plus connus, il me semble. Délicieuses créatures à plumes...

10. L'Atelier du Modiste

Cet endroit est très étrange. En effet, maintenant que je regarde de plus près, il y a certes l'écriteau indiquant le nom de la pièce, en hauteur, sur ce qui devrait être le linteau, mais la paroi est lisse. Je ne vois aucune porte, ni poignée, seule la douce écorce de l'arbre mort fait office de mur.

L'Atelier du Modiste

J'étudie méticuleusement la paroi, passe mes doigts sur toute la surface, mais il n'y a absolument rien. Ni rainure ni bosse, ou autre prise que je pourrais utiliser.

Pourtant, je suis certain qu'il y a quelque chose derrière ce pan de mur d'écorce... Il s'agit peut-être encore d'une énigme à résoudre, je dois réfléchir. Le Chat me chuchote un conseil en note 7,I.

Si je ne parviens pas à trouver l'entrée, tant pis, autant continuer mon exploration alors que le Chat me reprend en note 6,II.

Quel casse-tête ! Comment ouvrir une porte sans poignée, ni aucune prise d'aucune sorte ?

J'ai beau chercher tout autour, sur le mur il n'y a rien, ni sur le sol non plus. Pourtant, cela sonne creux, il y a probablement quelque chose derrière. Je sens la colère me saisir le cœur, je déteste ne pas comprendre. Peut-être que le Chat pourrait m'aider... je le consulte en note 7bis, I (La table de réception : le cavalier joue).

Je ne peux continuer que si j'ai trouvé de quoi éclairer cette maudite porte.

J'allume la torche et regarde à nouveau le tronc d'arbre. C'est incroyable ! La lumière met en évidence une porte. Elle a deux pans, n'excède pas la taille d'un enfant et est encadrée de traces suspectes. On dirait des traces laissées par des frottements. Il y a aussi des éclaboussures. J'ai l'impression de reconnaître des formes de mains et de doigts... Combien de personnes sont mortes ici ? Je ne suis pas certain de toujours vouloir aller plus loin finalement. Sans grande surprise, j'entends le Chat me parler en note 7,II.

Cette terrible bête a raison ! Je me souviens avoir vu bon nombre d'horreurs lors de mes voyages...

Il en faut bien plus pour m'impressionner. Ce n'est que du sang. Allons ! Ouvrons cette maudite porte et entrons ! Mais comment ? Il n'y a toujours pas de poignée... mais un symbole : 
Le Chat m'interpelle encore en note 6,III.

I – Je trouve très intéressant toutes ces avancées technologiques... Écrire à la main, c'est complètement démodé, non ? Plaisanterie mise à part, il est possible que vous ayez un papier qui vous aide dans vos Trouvailles et qui parle d'une certaine question stupide. Mais... consultez tout de même la note 9,II (La table de réception : le fou joue).

II – Arriver les mains vides chez une duchesse ? Votre mère mourrait de honte si elle n'était pas déjà enterrée dans la crypte familiale. Essayez de poursuivre cette discussion en lisant la conversation #1, page 198.

III – Ce n'est pas très compliqué, pas besoin d'indice pour trouver la réponse à cette énigme. Reportez-vous au tableau #13 des combinaisons des heures et voyez le symbole correspondant, puis suivez les instructions de son intitulé.

10 bis. Lumière, lumière

Je ne peux ouvrir la porte que si j'ai reçu un conseil du Chat de Cheshire.

Je pousse doucement le pan de la porte et l'ouverture se fait entière. En me baissant suffisamment, je peux passer sans trop de difficultés. Une fois relevé, je peux apprécier le contenu de cette pièce cachée. Bien... Je comprends mieux toutes les traces de sang... Il y a devant moi un établi de couturier sur lequel sont disposées des parties de corps humain. Plusieurs mains, posées dans diverses positions, servent à présenter des mitaines, gants et autres créations du maître des lieux. Je compte deux bustes ensanglantés, sans tête, ni bras : un féminin affublé d'un corset grotesque et un masculin présentant une chemise richement décorée d'or. Cinq têtes sont enfoncées sur des piques vissées sur des socles, certaines sont énuclées, d'autres ont les orbites et la bouche cousues. Elles sont coiffées de différents chapeaux tous plus hideux les uns que les autres.

Un simple regard au doux portait d'Édith me redonne un peu d'espoir. J'ai l'esprit plus clair et peux regarder à nouveau l'établi. Tiens ? Il y a comme une luciole qui volette au-dessus de quelque chose. En m'avançant un peu plus, je constate qu'il s'agit d'une paire de gants ***(trouvaille #6)***. Ils sont immaculés, ce qui est plutôt impressionnant vu l'endroit dans lequel ils sont entreposés... Ah, mais ils sont trop justes pour un adulte. C'est assez étonnant... Je les garde, cela ne prendra pas trop de place dans ma sacoche de Trouvailles de toutes façons. À peine sont-ils dans ma sacoche que j'entends le Chat me crier quelque chose en note 8,I.

Je ne vois rien à part des corps mutilés et du sang beaucoup trop frais pour me sentir en pleine sécurité... Je ne pense pas qu'il y ait quoi que ce soit d'important ici. C'est peut-être une ruse pour me briser mentalement. Mieux vaut sortir, si le Chat est toujours de cet avis en note 7bis, III.

Je ressors de la pièce secrète et la porte se referme toute seule derrière moi pour disparaître totalement.

I – Si vous avez l'âme romantique et que vous avez le portrait de votre fiancée avec vous, vous pouvez lire la suite de cette note ; sinon, reprenez votre lecture normalement. Vous remarquez qu'une luciole tourne autour d'une boîte si petite que vous seriez facilement passé à côté. Rendez-vous à la liste de vos documents, consultez le ***#9***.

II – Je suis bien content que vous ayez encore la faculté de m'entendre... Néanmoins, rendez-vous en mort #2, p. 220.

III – Ce n'est qu'un tombeau. Il n'y a rien de plus à en dire. À en juger par votre attitude désinvolte, vous n'avez rien à trouver ici. Soit.

11. Le bureau de comptabilité

Je me dirige vers ces lourds rideaux de velours. Ce n'est pas sans une certaine appréhension que je saisis le tissu dont un nuage de poussière s'échappe et m'arrache une toux rauque. Je dois garder mon sang-froid. Le chat a été clair, je dois absolument tout explorer dans la mesure du possible. Sans quoi, je ne pourrais venir à bout de cette mission...
J'ouvre les rideaux et découvre un espace restreint dans un coin. Il n'y a personne, ce qui me procure un immense soulagement, inutile de le nier... Il n'y a qu'un bureau. C'est un genre de secrétaire, avec un plateau relativement profond

sur lequel est posé un élément composé d'un tiroir central et d'une étagère. Le désordre mis à part, je ne note que la présence d'un corbeau empaillé sur un socle en métal : posé sur l'étagère, il toise la montagne de documents d'un regard que je qualifierais de réprobateur.
J'esquisse un soupir de soulagement quand soudain le corbeau se dresse de toute sa hauteur et se met à battre frénétiquement des ailes en croassant comme un fou ! Diable ! Il ne parvient pas à s'envoler ? Cela n'a pas de sens... Seigneur... en regardant de plus près, je constate que seuls ses pattes et le bas de son corps ont été empaillés. Pauvre animal.
Je m'approche avec le plus de douceur possible dans le but d'éviter à l'infortuné oiseau une panique encore plus intense. Certes, c'est bien ce que je pensais : le socle de présentation est vissé au bureau. Mais le voilà qui s'apaise... Soudain, il me lance dans une langue parfaitement humaine et compréhensible :
« Pourquoi un corbeau ressemble-t-il à un bureau ? »
Une nouvelle énigme ! Maintenant qu'il s'est exprimé, il est tout à fait calme et me scrute de

ses yeux noirs. Bien, puisque le silence est revenu, je peux peut-être tenter de jeter un coup d'œil à cet endroit. Le Chat a évidemment quelque chose à ajouter en note 8,III.

Je remarque la base du socle du corbeau et y découvre une étonnante mécanique : trois cercles à l'intérieur d'un large carré, gradués et ornés à quatre points opposés de symboles. Sur le cercle le plus large, un seul symbole est répété quatre fois : on dirait la lettre grecque π mais j'ai l'impression que ce n'est pas cela. C'est le cas aussi du plus petit cercle, celui qui est à la base du socle : il a un signe un peu particulier, une sorte de patte d'un oiseau, qui se répète quatre fois. Le cercle du milieu est plus compliqué, chaque point a un symbole différent : je vois un chapeau, une plume, un arbre et une carte à jouer, l'as de cœur. Cela me fait penser aux systèmes de sécurité des coffres-forts. Les trois cercles pivotent, de façon que chaque point puisse correspondre aux deux autres. Je me demande ce que le Chat aurait à dire en note 8,II.

Je décide de fouiller le bureau, peut-être y trouverai-je quelque chose ?

Je peux déjà affirmer que le tiroir est complètement fermé. Il ne possède pas de serrure, inutile dans ce cas de chercher une clé...
Je soulève bon nombre de papiers, factures, reçus, bons de commande et autres notes illisibles, puis me rends en note 9,I.
Dès que je retourne la photographie, le corbeau recommence à battre des ailes. Il est plus calme que lorsque je l'ai découvert, il n'a pas l'air d'avoir peur. On dirait plutôt qu'il est... content ? (Note 9,III.)
Où ai-je lu quelque chose concernant un corbeau ? Je devrais fouiller dans mes Trouvailles.
Bien, il semble qu'il n'y ait pas le choix, je dois réfléchir et trouver la bonne combinaison entre ces trois cercles dans le tableau #6 : Combinaisons de l'énigme du corbeau.

I – N'insistez pas, vous n'êtes pas autorisé à jouer ce coup. Vous ne pouvez pas visiter la tour. Passez votre chemin.

II – J'ai bien peur que vous n'ayez pas le choix... Rendez-vous à la mort #5, page 223.

III – Dans le cas présent, mon pauvre ami : rien. Vous ne pouvez que vous reporter à la mort #3, page 221.

12. Les étagères branlantes

Je me dirige vers les pauvres étagères qui se veulent être une bibliothèque, heureusement que peu de choses sont entreposées dessus... La poussière règne en maître avec les cadavres dans cet abominable endroit ! Beaucoup de verroterie cassée, de porcelaine brisée... Je vois que les débris sont conservés au lieu d'être éliminés. Je n'ose même pas m'appuyer sur le bois pourrissant, de peur que tout ne s'effondre. Il n'y a aucun système caché nulle part, ni de symboles gravés, ce n'est qu'une bien pauvre bibliothèque laissée à l'abandon. Je relève tout de même la présence de quelques livres de couleur. On dirait des couvertures d'ouvrages pour enfants, ce qui est, je trouve, particulièrement perturbant à découvrir dans un lieu aussi sinistre.

C'est avec la plus grande précaution que j'en sélectionne un, mais, malgré toute ma bonne volonté, il tombe en poussière presque instantanément... Seuls quatre résistent à une manipulation.

Je parviens au moins à en lire les titres : *Histoire du vieil homme assis sur la barrière*, en lettres

d'or sur une couverture mauve *(**document #5**)* ; *Le Poème d'Humpty Dumpty*, inscrit en noir sur fond jaune *(**document #6**)* ; *Le Poème de l'Alloinde*, inscrit en noir sur une tranche verte *(**document #7**)*. Et enfin sur une couverture bleue en lettres d'argent, *Souvenir d'un après-midi d'été (**document #8**)*.

Tout cela est très empreint de lyrisme, si j'en crois seulement les titres. Vraiment, je ne comprends pas ce que ces ouvrages font ici... mieux vaut ne pas trop y penser, à mon avis... Il me semble en avoir terminé ici.

I – Vous avez choisi de continuer dans cette voie. Regardez bien ce qu'il y a devant vous, sur les étagères branlantes du fond, si cela vous dit quelque chose, vous devriez comprendre.

II – Alors, que je me retourne, je me rends compte que j'ai fait une erreur. Ma curiosité m'a perdu... Je sens le liquide couler le long de ma gorge. J'ai l'impression que mon corps disparaît, je n'arrive plus à respirer et ma vision se trouble ! Tout devient noir ! Je ne sens plus rien d'autre qu'un courant d'air froid et une lourdeur dans l'atmosphère. J'ai l'impression de tomber... je continue ma chute en 19.

III – Il semblerait que vous ayez raison ! Poursuivez votre lecture et voyez ce qu'ils en pensent.

Deuxième partie

Ne poivrez pas trop la soupe !

La dame et le pion entrent sur l'échiquier

13. La dame entre en jeu et joue, elle seule peut lire :

J'évolue dans un couloir plutôt feutré. Je ne m'attendais pas à ce genre de raffinement dans un endroit tel que celui-ci. Les murs sont tapissés de vert moucheté d'or, le sol est recouvert d'un doux marbre noir et des lanternes suspendues éclairent ma route d'une frêle lueur banche. Je ne note rien d'autre, ni fenêtre ou décor d'aucune sorte : cela aurait presque quelque chose d'apaisant. J'aperçois déjà la sortie : une porte en bois, au bout du corridor. Je n'aurai pas eu à marcher trop longtemps, espérons que cela n'augure rien de fâcheux, par exemple : une serrure verrouillée qui m'interdirait le passage. Moi qui suis sujet à la claustrophobie, l'idée même de me retrouver enfermé ici me donne des sueurs froides. M'y voilà déjà… Voyons un peu cette poignée… Quel soulagement ! La porte s'ouvre bel et bien. Mais il semble qu'il fasse très mauvais temps à l'extérieur. Suis-je à Londres ? Je n'ai jamais vu un tel brouillard ailleurs qu'autour de la Tamise… Il n'y a rien ici ! Me serais-je trompé ? Autant rebrousser chemin. Ah, mais voilà qu'il se lève ! En effet… ce n'est pas la ville de Londres. Mais ce qui pourrait s'apparenter à une place de village. Comment ai-je pu arriver là par un couloir ? D'une manière aussi improbable qu'illogique, j'imagine… Oui, bien sûr. Un simple coup d'œil derrière moi me confirme l'hypothèse : la porte par laquelle je suis arrivé sort du tronc d'un arbre immense. Bien… J'espère ne pas m'être trompé en choisissant d'incarner la dame. Par où vais-je commencer ?

I – Ah ! J'entends un loquet qui se déverrouille ! C'était bien ça. Le corbeau ressemble à un bureau parce que Poe travaille dessus. Voilà bien le genre d'énigmes à me rendre fou. Allons, le tiroir est ouvert. À l'intérieur, j'y découvre une torche étonnante. Elle a la forme d'une bougie noire, toute ornée de symboles antiques dont la même plume qui est gravée sur le socle du corbeau, et je n'ai qu'à la secouer pour l'allumer ou l'éteindre. Je la note précieusement ***(trouvaille #5)***.

II – Très bien joué. Qui aurait pu remarquer ce détail tant il se confondait avec le reste du décor. Vous voilà en possession d'un éventail, assez petit, mais de très belle facture. Inscrivez-le dans vos ***Trouvailles #14***, il ne prend presque pas de place.

III – Si vous avez demandé un service à la Cuisinière, vous avez de quoi déposer une offrande entre les mains de la statue. Reportez-vous au tableau #4 des combinaisons des offrandes à la Duchesse et souvenez-vous de la recette que vous avez demandée grâce à son symbole correspondant. Comme c'est commode !

14. Le cavalier joue, lui seul peut lire ici :

Au bout de ce petit couloir, j'aperçois une petite porte éclairée par des chandelles blanches en suspension dans l'air.

L'ambiance est chaude et, oserais-je le dire... rassurante. Quel dommage que ce couloir ne soit pas plus long ! Personne ici pour me harceler, ni de visions insoutenables. Un peu de paix pour un temps si court. Ah ! Une brise légère vient caresser mon visage. Ma chère Édith ! Que cela me rappelle la douceur de votre main sur ma joue, en ces fins d'après-midi de printemps... Je sens une fine odeur de fleur blanche, serait-ce du jasmin ? Certes, je reconnais le jasmin blanc, vanillé, un peu sucré, s'ouvrant timidement au soleil. Quel enfer que de devoir poursuivre ! Ne puissé-je pas demeurer un peu ici ? Hélas, mes pas complices ayant arrêté leur course n'y font rien. Cette maudite porte s'est elle-même rapprochée ! Les noirs ont joué en un bref instant, je n'ai pas le droit de dépasser ce délai. Je me résigne et avance ma main sur la poignée. L'infâme ! Elle s'ouvre sans attendre que je la saisisse ! Partie de malheur, moi qui ai toujours détesté les échecs ! Allons, gardons la tête froide. La porte n'est pas fermée, c'est déjà un certain soulagement. Il n'y a pas de vent dehors, ni de bruit particulier, j'espère vraiment ne pas rencontrer de trop mauvaises surprises. Si chaque habitant de ce monde ressemble au Chapelier ou au Lièvre, tout cela risque d'être très désagréable. Qu'est-ce que... ? Non. Ce n'était que la porte qui se refermait derrière moi ! Encastrée dans le tronc d'un arbre ? Original... Je me demande si Alice est passée par cette entrée. Si mes souvenirs sont bons, elle incarnait un pion dans le récit qu'en a fait Carroll, avant de devenir reine. Il semble assez peu probable que je joue la même partie qu'elle a jouée en son temps. Le Chat me l'aurait forcément dit. Ce qui est certain, c'est qu'elle est toujours en vie, alors que pour ma part... espérons que cela dure... Bon. Par où devrais-je commencer ?

I – Voilà un excellent réflexe ! C'est avec plaisir que la Cuisinière vous prépare le mets dont vous lui donnez la recette. Référez-vous au tableau #7 des combinaisons du temps de cuisson.

II – Vous allez devoir faire un effort de sang-froid et creuser à mains nues. Rendez-vous note 14,III.

III – Quelle efficacité ! Vous venez de découvrir les deux cercueils ! Ne vous arrêtez pas en si bon chemin ! Ouvrez-les donc, et consultez le ***document #21*** : Les cercueils des jumeaux.

17
Le Mausolée
La Forêt Dense
19
25
La Plage
23
La tour
15
La Fumerie
La Chaumière
20
La Boutique
24
22
L'Atelier
Le Parc

15. La chaumière

Cette petite maison m'inspire une certaine sympathie, elle me rappelle un peu la campagne anglaise. Toute rabougrie, en pierres grises sous un toit de paille, elle ressemble à un galet au milieu d'un jardin potager. Manifestement, on y cultive essentiellement des cucurbitacées... La pancarte, à l'entrée du pauvre portail en bois pourrissant, indique « Chaumière ». Une clôture de bois entoure la petite propriété qui me semble habitée, une légère fumée blanche sortant de son unique cheminée. Arrivé devant la porte, je frappe sans réellement savoir si l'on va me répondre.

– Entrez !

C'est la voix d'une femme, elle n'a pas l'air agressive... Je m'exécute et passe la porte. Au milieu de la pièce, celle qui m'a invité à entrer se tient debout, toute de noir vêtue, sans m'adresser un signe. Sous ses allures de sorcière encapuchonnée, c'est une personne plutôt jeune au doux regard triste qui apparaît au-dessus d'un large chaudron fumant. Ses cheveux courts s'arrangent en bataille autour de son

visage à la peau verdâtre, dont la partie supérieure est dans l'ombre ; seuls ses yeux dorés ressortent. Elle porte une longue robe noire tombant jusqu'au sol et seules ses fines mains graciles en dépassent. Elle a de longs ongles noirs ornés de bagues d'argent. Quatre longs colliers d'argent pendent de son coup gracile.

Ses lèvres sont peintes en noir et suivent les mouvements de ses grimaces.
Elle semble plongée dans l'élaboration d'une potion d'où émanent des effluves écœurants ainsi qu'une lumière orangée qui se reflète sur ses joues. Enfin, elle relève les yeux de son chaudron et me fixe avec étonnement.
– Que voulez-vous ?
– Je suis à la recherche d'une jeune personne qui vient de l'autre côté du miroir. Il semblerait qu'elle soit toujours ici et l'on m'a chargé de la ramener.
– Une jeune personne ? Oh ! vous voulez parler de cette jeune fille sans doute ? Alice, je crois.
– Tout à fait ! L'avez-vous vue ?

– Hélas, je ne suis pas la personne qui vous en dira plus que ce que vous en savez. Je ne suis pas une pièce très importante dans cette partie, ni dans les autres d'ailleurs... Vous devriez interroger la Duchesse.
– La Duchesse ?
– Vous ne devriez pas avoir trop de difficultés à la trouver, elle se repose sous bonne garde. Si vous avez besoin d'autre chose, faites-moi signe. Le Chat m'interpelle en note 10,II.

I – Que vouliez-vous que je vous dise ? Il y a un plan, mon cher, consultez-le donc. Vous allez bien trouver quelque chose à faire.

II – Je peux vous le dire maintenant : c'était une farce. Pourtant vous avez bien répondu à l'énigme : le sablier mesure le temps. Allez donc en note 16,III.

III – Vous êtes arrivé dans la forêt de l'oubli. Vous oubliez tous vos souvenirs, y compris la raison pour laquelle vous êtes venu ici, impossible de consulter vos notes ou les autres pages du livre, vous les avez oubliées. Allez en mort #6, pour apprécier votre fin, p.224.

16. L'heure c'est l'heure

Ne lisez cette partie qu'après avoir répondu à la question impromptue de la Cuisinière.

– Intéressant... Voilà. Faites-en bon usage. Enfin... vous le saurez seulement au moment de l'utiliser.

Elle me tend son pendentif sans une once de remords et se remet sans attendre à sa mixture.

– Je vous remercie...

Cette entrevue m'a semblé si étrange que je ne suis pas mécontent d'en avoir terminé. Tout en mettant l'objet (***trouvaille #13***) avec les autres, dans ma sacoche, je regarde à l'entour si rien ne pourrait m'aider à en savoir plus. La pièce est exiguë. Des plantes séchées pendent depuis le plafond alors que le sol est encombré de pots à épices renversés, d'une vieille carapace de tortue vide, de houx et d'un pot à raisins secs vide. Il n'y a rien, ni malle, ni bibliothèque, ni quoi que ce soit qui pourrait enrichir notre imagination. Seuls à côté du large chaudron (***document #23***), un livre et des bibelots intacts (note 10bis, I). L'ouvrage est intitulé *Les différentes soupes du monde du miroir* (***document #10***), mais paradoxalement, je n'arrive pas à en lire la moindre ligne. Quant aux bibelots, je compte : la statuette d'un ange sans sa tête, des coquilles d'œufs et une pipe brisée. À force de fouiller encore et encore, j'entends le Chat me chuchoter quelque chose en note 21,II.

– Vouliez-vous autre chose ? Si c'est tout, je vous prierais de me laisser travailler. Bonne chance.

Après avoir salué la Cuisinière, je ferme obligeamment la porte et m'en vais explorer un autre lieu.

I – Vous avez bonne mémoire ! En résolvant l'énigme, vous avez déverrouillé la porte secrète qui mène au fond du magasin. La bibliothèque du milieu pivote et vous laisse la place de passer. Rendez-vous en 20bis, Passage secret.

II – En traversant un long couloir terne et sans décor, vous arrivez à une porte entrouverte. Allez donc mort #10, p.228.

III – La porte est factice... Mais vous entendez quelque chose derrière vous : on dirait qu'il y a du mouvement du côté des tombes. Les cercueils sont hors du sol à présent ! Consultez le ***document #21***.

17. Le mausolée

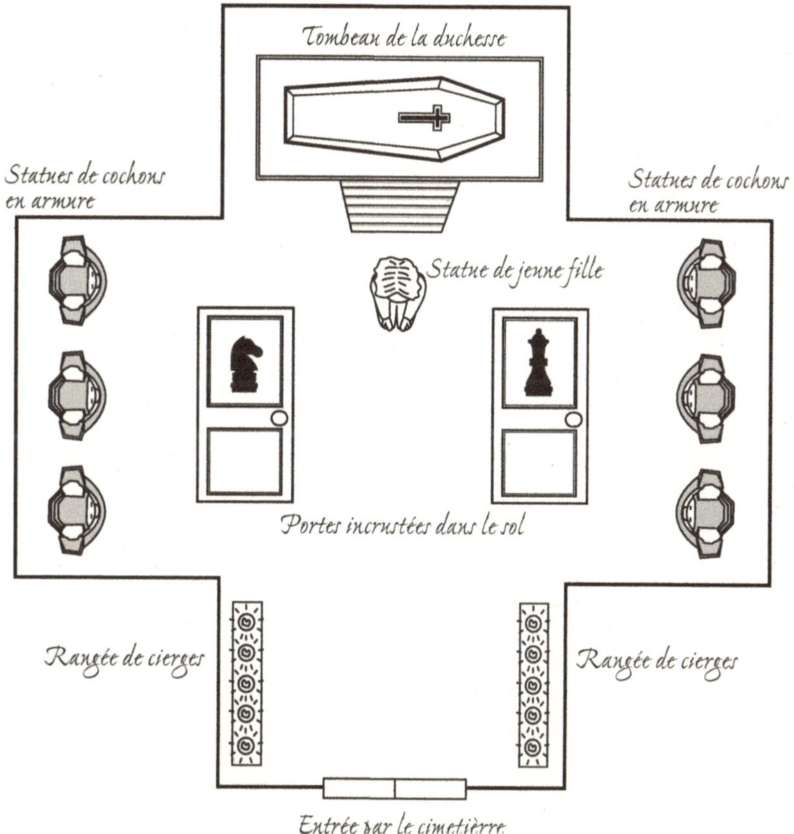

Une haute grille de fer forgé entoure un mausolée gothique, des anges en prière et à tête basse à quelques mètres les uns des autres maintiennent

les segments de fer ensemble. Un puissant portail de fer affiche la phrase suivante : « Ne poivrez pas trop la soupe. »
Plutôt étonnant comme épitaphe, d'autant plus que cela contraste avec le caractère solennel du tombeau. Du liseron en fleur et du chèvrefeuille mangent les grilles sur une large surface alors qu'un lit de violettes tache le sol mousseux de pointes de couleur mauve. Tout ceci me semble bien bucolique. Les anges n'ont pas l'air de sortir de leur torpeur, le portail n'est pas verrouillé, j'entre. C'est un mausolée gothique, flamboyant si mes souvenirs de cours sont exacts, de plan en croix grecque. Il est assez impressionnant tant par la richesse de ses décors – qui se résument à une accumulation de volutes en tout genre – que par sa taille. Ce doit être la tombe de quelqu'un d'importance, une personne attachée à la noblesse très probablement. Quoi qu'il en soit, cette personne est décédée... sinon pourquoi occuper un tel endroit de son vivant ? Visitez-le en 18.

I – Vous aurez peut-être de la chance après tout, si vous avez pensé à tout avant de partir. Consultez votre tableau #5 des combinaisons de symboles mystiques.

II – Le tiroir s'ouvre sans aucune difficulté, et alors que la luciole s'envole vers la liberté, vous découvrez un petit veston de velours bleu : c'est la ***trouvaille #10***.

III – Si vous incarnez le cavalier et que vous pensez en avoir terminé avec ce village, empruntez la porte marquée de la tête de cheval et rendez-vous en note 18,II (Un mets pour une chance). Si vous incarnez la dame, prenez donc l'autre porte, celle qui a l'effigie de votre pièce d'échecs marquée dessus, rendez-vous en note 18,I (Un mets pour une chance).

18. Un mets pour une chance

Une fois à l'intérieur, je peux voir deux rangées de très hauts cierges blancs éclairant toute la tombe le long de l'entrée. La lumière est apaisante après l'ambiance humide de l'extérieur... Au centre de la croix je peux voir comme deux portes l'une à côté de l'autre, chacune avec le dessin d'une pièce d'échecs : la dame ♛ et le cavalier ♞. Elles semblent verrouillées, mais cela ne me surprend guère, il doit y avoir une sombre énigme à résoudre pour les ouvrir. Dans les renfoncements nord et sud, je suis assez surpris de constater la présence de deux séries de statues

particulièrement étonnantes dans un pareil endroit. Ce sont des cochons. Sculptés à taille d'homme, ils sont tous vêtus à la japonaise, en armure plus exactement. Certains d'entre eux sont armés, tandis que d'autres se contentent de regarder le tombeau au fond de la crypte ***(document #11)***.

Le tombeau en lui-même est relativement sobre, tout en marbre noir, installé sur une estrade, derrière la statue d'une jeune fille à genoux, le visage baissé contre le sol et les deux mains en offrande à hauteur des hanches. Qui peut bien être enterré ici ? Ah, mais je vois une inscription là, gravée dans la pierre dure de l'estrade...

« Un mets pour une chance, offrez-lui donc son favori, elle vous dira où est son antre. »[I]

Un mets ? La statue de la jeune fille est là pour ça ? Bien drôle de façon que de faire la charité. Je remarque un symbole étrange, gravé sur l'une des paumes de la statue : ♛♞. Que dirait le Chat à ce sujet en 13,III ?

I – Vous vous êtes bien débrouillé jusqu'ici, mais voilà, je dois vous avertir que vous vous êtes trompé quelque part... Ne paniquez pas, allons ! Avant de vous laisser aller plus loin, vous avez le choix de revenir en arrière. Peut-être que cette erreur n'aura pas de trop grandes conséquences, peut-être ne jouez-vous pas totalement la réussite de votre mission. Peut-être aussi que je vous fais douter délibérément, uniquement pour vous tester en vous déstabilisant juste avant la fin. Vous voir arriver si loin m'a mis d'excellente humeur, ce qui en général me rend assez taquin. À vous de choisir. Si vous souhaitez poursuivre, je vous encourage à consulter la note 19,I. Si vous préférez écouter les conseils d'un chat dont l'existence même est une aberration de la nature, libre à vous, et allez donc en note 18,III. Écouter les conseils d'un chat... n'est-ce pas idiot ? Ah, mais attendez... c'est bien ce que vous faites depuis le départ, non ? Je me demande qui est le plus fou dans l'histoire....

II – Félicitations ! Vous voilà en direction de votre dernière étape avant l'ultime fin de cette incroyable aventure. La porte se referme derrière vous et un couloir apparaît. N'ayez crainte, je vous retrouve plus tard. En attendant, rendez-vous en 26, Le long couloir.

III – Vous êtes donc bel et bien fou, mon cher ! Bien, c'est très amusant. En effet, vous avez commis une erreur, et votre si belle avancée m'a convaincu de vous donner une chance de vous rattraper. La dame a plus d'un avantage aux échecs, ce n'est donc que justice finalement. Je vous donne rendez-vous à l'Arbre des directions ! Rejoignez-moi en note 19,II. Comme c'est amusant, n'est-ce pas ?

19. La tour

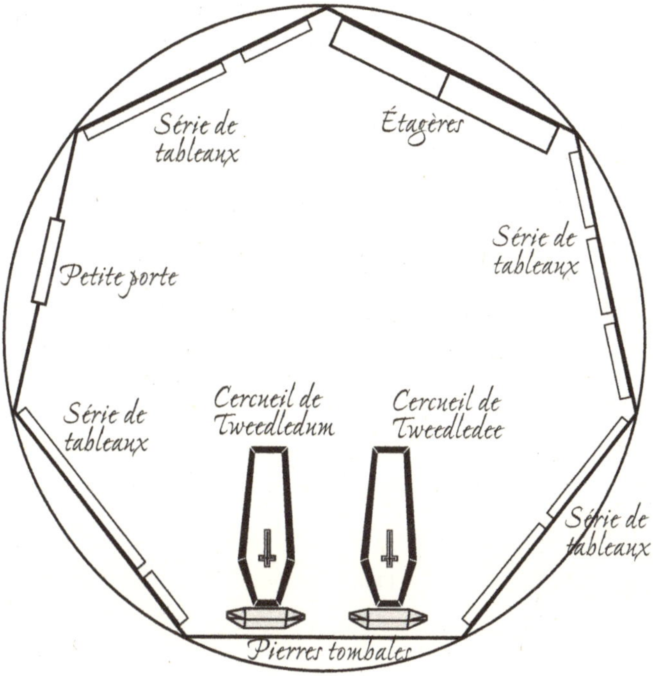

Le pion entre en jeu et joue.
Si vous incarnez le cavalier ou la dame, vous arrivez devant la tour et la voix du Chat résonne sombrement dans votre esprit en note 11,I.

Je trébuche ! Au lieu de choir sur le sol comme n'importe qui s'y attendrait, je me sens tomber encore et encore. Que se passe-t-il ? Tout est noir, je ne vois rien. Je tombe toujours, comme Alice l'a fait avant moi, peut-être est-ce la bonne piste ? L'air me fouette le visage, et je sens une odeur de moisissure. Heureusement que je n'y vois toujours rien, me rendre compte de la hauteur depuis laquelle j'ai sauté me donnerait sans doute la nausée. Ce maudit trou n'aura-t-il donc jamais de fin ? J'ai l'impression de tomber depuis des heures ! J'entends des hurlements dans le lointain, suffisamment proches pour que je les perçoive mais pas assez pour que je puisse les identifier. Est-ce de la souffrance, un rire démoniaque, ou de la douleur, je ne saurais le dire. Le noir est total autour de moi, j'ai l'impression d'être dans un cauchemar dont il m'est impossible de me réveiller. Faites que cela cesse ! Par pitié !
Ah ! Il me semble distinguer quelque chose, tout en bas ! Un point lumineux ! Il s'approche ! Une sortie ?
Je ne comprends pas ce qu'il m'arrive, il y a un énorme choc qui me cause une douleur

aiguë dans le dos, un craquement sec dans un nuage de poussière s'élevant autour de moi, puis le silence. Peste, il me semble bien que la dégringolade soit terminée, mais j'espère pouvoir me relever.

Heureusement, il n'y a pas de casse : seulement quelques courbatures. Parfait, au moins je suis entier. En revanche, il y a une affreuse odeur de renfermé. Où suis-je ?

C'est une petite pièce de moins de dix mètres carrés dont les murs sont en pierres grossièrement taillées et le sol, en terre battue. Je ne vois aucune sortie pour l'instant, seuls des tableaux sont accrochés ***(document #22)*** près de petites lanternes allumées. Me voilà enfermé. Je suis littéralement tombé dans un piège. Comment sortir d'ici ? Et cette odeur qui s'intensifie de minute en minute... Je respire mal, j'ai l'impression d'étouffer. De l'air ! Les murs se rapprochent-ils ? Rien ne semble impossible dans ce monde ignoble. Je suffoque, mon cœur se serre et ma gorge se noue ! Non ! Je dois garder mon calme. Ce ne sont que des murs. C'est cela... que des murs... Des murs... Justement, il doit y avoir un moyen de sortir d'ici. Je vois une petite porte ! Verrouillée évidemment ! Sur le linteau, je peux lire la phrase suivante : « Un seul d'entre eux est un instrument de mesure. » Une énigme ? Il y a un anneau large qui tourne sur lui-même sous le curseur d'une flèche en guise de serrure. En le regardant de plus près, je vois quelques symboles gravés dessus : un sablier, une lune, un soleil et une plante. Je peux consulter le tableau #8 des combinaisons de la porte de la tour.

Tout cela ne m'avance pas à grand-chose. Comment vais-je faire pour sortir d'ici ? Le Chat devrait avoir une chose ou deux à me dire... en note 15,I (La chaumière) peut-être ?

Un tour d'horizon, et mon sang se glace. Deux pierres tombales ***(document #20)*** sortent du sol, près de moi. Elles sont côte à côte, en dessous d'une étagère. Si c'est là un tombeau, je dois avouer que son agencement est fort peu conventionnel. Je ne comprends pas très bien un tel décor. Sur l'étagère, une petite boîte en or jaune, qui porte le symbole ***(document #12)***, est posée au milieu de fleurs séchées qui occupent tout l'espace disponible.

I – Vous arrivez devant une porte que vous poussez sans peine, enivré par l'espoir d'être arrivé au bout de vos peines. Derrière elle se tient une gigantesque forme, c'est un exosquelette de métal noir. Je vous retrouve à la mort #10, page 228.

II – Toute la pièce disparaît, engloutie par une ombre épaisse. C'est alors que quelque chose semble s'élever depuis le sol. C'est une tige ! Elle pousse encore et encore, s'élargit toujours plus ! De petite plante, elle devient un jeune arbre vigoureux si haut que sa cime n'est plus visible. Il s'étend, largement, ses feuilles se développent, encore et encore et encore jusqu'à perdre leur verdure et se flétrir pour enfin tomber. Elles s'écrasent sur le sol, au pied d'un arbre qui paraît maintenant centenaire, affaissé, et dont les branches nues sont figées dans leur décrépitude. Le temps reprend enfin son cours normal et le tronc brun se couvre de dizaines de pancartes indiquant plusieurs directions différentes. La silhouette du Chat de Cheshire se dessine derrière son large sourire carnassier qui vous lance : « La dame va en note 19,III ! Le cavalier, en note 20,I ! À vous de jouer ! »

III – Bienvenue à l'Arbre des directions, très cher. Comme je vous le disais tantôt, vous avez fait enfin le bon choix en venant me consulter ici, votre erreur est lourde de conséquences mais pas irréparable. Vous vous êtes trompé de pièce. Ce n'est pas grave, les erreurs arrivent à tout le monde. Néanmoins... Si vous vous souvenez bien de l'une de nos règles, c'est que vous ne pouvez changer d'incarnation qu'une seule fois, à l'endroit où vous vous trouvez sous réserve que les autres pièces concernées y soient présentes aussi... Vous avez de la chance : vous vous êtes arrêté au bon endroit. Il y a dans le village deux fioles cachées : l'une vous fera devenir le pion, l'autre le cavalier. Le fou n'est pas ici, ce qui vous facilitera le choix. Je vous conseille donc de partir à la recherche de ces fioles et de faire ainsi le bon choix, car finalement, une seule des quatre pièces est destinée à aller au bout de cette partie. Je ne vous l'avais pas dit ? Je vais vous donner un autre indice, si vous trouvez l'une des fioles, sachez que l'autre est très bien cachée au même endroit. Bien, si tout est clair, je vous laisse choisir en note 20,III !

20. La boutique de la Brebis

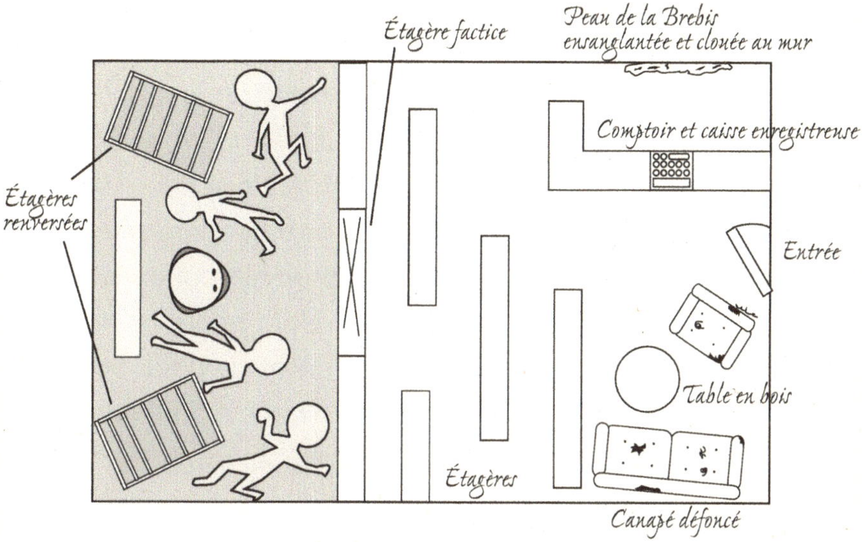

L'enseigne du portail s'intitule « Votre coeur sous ma coquille ». Cela ne me dit rien qui vaille, mais je me dois d'explorer chaque endroit. C'est un minuscule lac au centre duquel une très petite île porte des dizaines d'arbres dont je ne vois ressortir qu'une porte entre deux troncs. Quelques tuiles dépassent des cimes, un peu comme la rotonde des petites halles que l'on trouve parfois sur les places de villes françaises. Le tout forme un ensemble assez bucolique, tandis qu'une légère brume s'élève de l'eau et que les grillons entament leur chant. Il n'existe qu'un moyen pour y accéder : une barque sur la berge. J'en ai donc le cœur net, j'emprunte l'embarcation et rame. Rapidement, la brume se transforme en un brouillard et monte tout autour de moi, m'empêchant de voir correctement. Malgré cela, la barque ne semble pas dévier de sa trajectoire et je poursuis mon chemin sans grande difficulté. Au bout de quelques minutes qui m'ont réellement semblé être une éternité, cette purée de poids se dissipe enfin, puis l'embarcation heurte quelque chose de doux. Je pense être arrivé sur l'autre rive et réussis à mettre pied à terre. Devant moi, au milieu de la végétation marécageuse, une petite maison croulant sous sa toiture décrépie semble attendre. Elle a sur sa porte une pancarte où il est écrit « ouvert ». Cela me rappelle qu'Alice a visité une boutique identique dans l'œuvre de Carroll, cet endroit devrait m'apporter des indices. Il n'y a pas d'autre choix, il me faut entrer. Alice y avait été invitée par la Reine Blanche alors que celle-ci s'était transformée en brebis, puis installée derrière le comptoir. J'imagine qu'elle doit toujours y être, compte tenu de la pancarte, et qu'elle me

donnera certainement des informations sur la jeune fille. La porte ne résiste pas, ce qui est un certain soulagement... Comme il fait sombre ! Et quel silence... Y a-t-il vraiment encore quelqu'un ici ? Je vois un petit cahier ***(document #13)*** que je consulte rapidement.
Mais lorsque je pénètre plus avant dans le magasin, je constate avec effroi que la Brebis a été écorchée et sa dépouille clouée au mur derrière le comptoir. Oh ! Mais sous le plan de travail, en dessous de la caisse, il y a un symbole  (note 17,I).

I – Bien joué, mon cher. C'est un sans-faute jusqu'ici ! Du moins.... Je l'espère pour vous. Avant de poursuivre, je dois vous prévenir d'une chose : pour arriver à gagner cette partie et uniquement la gagner, notez-le bien, vous devez avoir deux éléments en votre possession. Ils vous permettront de résoudre la toute dernière énigme de cette aventure. Vérifiez bien vos trouvailles. D'abord, vous devez avoir reçu quelque chose des mains du Chapelier Fou, quelque chose qui vous paraîtrait insignifiant... Ensuite, la Cuisinière a dû l'ôter de son cou pour vous l'offrir. Si vous possédez ces deux éléments, je vous donne rendez-vous en note 20,II. Dans le cas contraire, puisque vous avez choisi la pièce qui était destinée à arriver jusqu'ici, je vous donne l'opportunité de revenir sur vos pas : il vous suffit de choisir à quel endroit vous désirez vous rendre. Voyons cela calmement en note 20bis, I, voulez-vous ?

II – Quel grand esprit ! Vous m'impressionnez ! Tout cela n'était pas évident, mais vous êtes d'une autre étoffe que les autres... Bravo. Dans ce cas, vous allez rejoindre le Roi dans la dernière salle. Cependant, laissez-moi vous donner une explication. Cette pauvre chose n'est plus elle-même. Elle a joué une partie il y a quelque temps, mais n'a fait que la gagner... ce qu'elle était venue chercher lui est resté caché. Triste sort... Cette personne incarne depuis la pièce du roi noir, mais sa mémoire s'est étiolée, éparpillée partout dans la pièce qui est devenue sa prison. Le Roi va vous demander de lui rappeler qui il était avant d'arriver ici, il ne vous faudra résoudre pas moins de sept petites énigmes pour lui faire retrouver la mémoire en lui rapportant ses véritables souvenirs. Ils sont mélangés avec ceux d'autres personnes qui n'ont pas survécu, cocasse, non ? La mémoire demeure et l'être trépasse... Comme c'est poétique. Bien, trêve de plaisanteries, c'est à vous de jouer mon cher. Je reste à vos côtés, ne vous défilez pas et rendez-vous en Troisième partie, 27, Rencontre avec le Roi.

III – Je m'adresse à la dame ! Vous voilà, cher lord. Je dois vous féliciter, c'est très impressionnant. Maintenant que vous êtes devant l'Arbre des directions, laissez-moi vous préciser les endroits dans lesquels vous êtes autorisé à retourner. Il vous est permis de rejoindre : la boutique de la Brebis en 20, la chaumière en 15, le mausolée en 17, la fumerie en 24, le parc en 22, ou enfin l'atelier en 23. Choisissez bien, vous avez oublié quelque chose dans un ou plusieurs de ces endroits. Quoi qu'il en soit, vous ne pouvez pas aller plus loin, vous devez retourner en arrière. Qui sait ? Peut-être à bientôt ?

20 bis. Passage secret

Avancez si vous avez arrosé la bonne figurine, mais il n'y aura pas de retour en arrière possible.

Je dois poursuivre... Alice est venue ici, je ne peux qu'y trouver des indices. Je ne vais pas m'approcher trop près de la dépouille de cette pauvre bête, elle est en pleine putréfaction... Il y a une petite table à ma gauche, avec deux sofas autour. Je ne distingue pas le fond de la boutique, ma vue est obstruée par les nombreuses étagères, sans parler du manque de luminosité. Une fiole porte une étiquette marquée de l'image d'un

pion d'échecs ♟. Si je décide de la boire, je me rends en note 12,II, sinon, je poursuis ma lecture. Je vois que les étagères sont vides... quelques masses grouillantes de charognes mises à part... les sofas sont défoncés. Personne n'est plus venu ici depuis très longtemps. Pourtant un étrange sentiment m'enserre la gorge...
Pouah ! Plus j'avance, plus il y a de la vermine grouillante dans chaque recoin, avec une odeur pestilentielle par-dessus le marché. La troisième étagère possède encore quelques éléments intacts, notamment une fiole avec l'étiquette de la dame. Je vois... Il y a aussi plusieurs jouets en bois, des bocaux en verre vide... Peut-être qu'un peu plus loin je trouverai quelque chose. Non, rien. Juste un mur entier de bibliothèques... C'est étrange, beaucoup plus de choses sont entreposées ici. Je n'aime vraiment pas cette atmosphère, j'hésite à m'en retourner, mais si je veux continuer à fouiller cette boutique, je me rends en 12,I.

I – Si vous êtes ici, c'est que vous pensez avoir oublié quelque chose. Certes, il vous faut gagner contre le Roi Noir grâce aux deux éléments dont je vous ai parlé en amont. Mais... vous devez aussi retrouver cette chère Alice, n'est-ce pas ?

Si vous possédez le portrait de votre tendre fiancée, cela vous aura permis d'avoir l'esprit clair et de voir certains secrets cachés un peu partout dans ce monde. Vous devez avoir en votre possession quatre éléments, comme les quatre saisons, n'est-ce pas ? Suffisamment d'indices sont disséminés un peu partout mais... vous m'êtes sympathique. Et je vais vous donner une indication supplémentaire pour vous guider. Il y a un personnage emblématique de notre monde que vous n'avez pas encore rencontré. Si vous ne vous étiez pas encore posé la question, je me demande ce que vous faites ici, mais passons... Il s'agit d'un certain Lapin qui a pour habitude de porter les fameux quatre éléments dont je vous parlais. Trouvez-les, si ce n'est pas déjà fait. Si vous les avez en votre possession, retournez en note 20,I. Dans le cas contraire, toutes les directions vous sont ouvertes pour revenir en arrière, vous n'avez qu'à choisir en note 20 bis, II.

II – C'est au cavalier que je m'adresse. Si vous êtes ici, mon cher, c'est qu'il est possible que vous ayez oublié quelque chose derrière vous. Comme promis lors de notre première rencontre, vous avez accès à l'Arbre des directions. Ne me remerciez pas... Si, faites-le quand même... Bien. Ainsi donc, à partir d'ici, je vous permets dans ma grande bonté de retourner dans le lieu de votre choix parmi les possibilités suivantes : la boutique de la Brebis en 20, la chaumière en 15,

La Chapellerie et salon de thé en 6 ou, enfin, le mausolée en 17. Ces endroits contiennent des éléments qui vous ont peut-être échappé. Évidemment, vous pouvez, à partir du lieu que vous aurez choisi, aller à la rencontre du Roi, ou continuer d'explorer les endroits qui vous auraient échappé. Bonne chance !

III – La prudence est-elle réellement mère de sûreté ? Vous pouvez essayer d'être le plus discret possible. Rien ne masquera l'odeur de votre corps humain. Vous ne tardez pas à être découvert. Rendez-vous en mort #8, page 227.

21. *Les étagères branlantes de la boutique*

Droit devant moi, je vois, alignées les unes à côté des autres, de petites figurines de porcelaine. Un bonhomme de neige, un oiseau dans son nid, de petits poissons sur une vague sortant d'un socle en bois, puis une véritable bouilloire, enfin un cœur momifié et un tire-bouchon. Tout ceci me rappelle quelque chose, mieux vaut consulter mes documents, cela m'a l'air assez saugrenu pour ressembler à une poésie de Carroll...

Cela m'amène au tableau #10 des combinaisons du poème d'Humpty Dumpty. Je ne reculerai pas.

I – Un choix audacieux que celui de vous approcher du Griffon. Rendez-vous en conversation #4, page 206.

II – Si vous possédez la photographie d'Édith, vous voyez un point lumineux voleter au-dessus d'une toute petite boîte en argent ***(document #9)***. Heureusement que vous êtes romantique, vous auriez pu passer à côté !

III – Ce brillant esprit était un champion de logique. Artiste, il s'illustre en tant qu'écrivain et photographe amateur. Grand mathématicien, il enseigne à Oxford où il fait la connaissance de la jeune fille qui nous préoccupe. Dans ses confessions, il parle beaucoup de ses amies enfants et des jours heureux passés en été. Bravo ! Vous faites **Échec au Roi en 28** !

22. *Le parc*

J'arrive devant un magnifique jardin clôturé. Un peu de végétation devrait me changer les idées, autant y faire un tour rapide. J'ai toujours apprécié les plantes. Je trouve que le contact régulier avec la nature offre un certain réconfort à l'être humain. Tout cela ne m'a pas l'air beaucoup entretenu vu d'ici, mais je ne m'attends pas à trouver des jardins à la française dans un endroit pareil. Puisque tout doit être désordonné dans ce monde étrange, autant accepter ce fait. La clôture est en bois, coupé en petites planches inégales, enfoncées dans le sol avec plus ou moins de réussite, mais le petit portail me paraît assez solide pour supporter une poussée. Peut-être y trouverai-je un banc pour m'y asseoir un instant, j'aimerais faire un point sur ma situation et mon avancée.

En effet, le portail cède sans résistance et j'entre dans le parc. Au début, le sol est relativement uniforme, dessinant presque un sentier et la verdure n'y est pas trop échevelée. Mais voilà qu'en poursuivant mon chemin, je vois l'endroit prendre une dimension tout autre. Au bout de quelques minutes de marche – je ne croyais pas cet espace si vaste – je peux constater des changements assez singuliers autour de moi.

Les plantes sont maintenant immenses, leurs tiges tortueuses s'entremêlent au point que la végétation forme comme un étrange salon, constitué de maintes assises. Les corolles oscillent entre la plus intense gamme des couleurs chaudes des pivoines et les profondes teintes froides du muguet. Le portail cède facilement sous ma poussée alors que les puissants effluves de vanille m'enlacent peu à peu. J'entends l'eau d'un petit ruisseau sautiller entre les feuilles et les herbes folles, et j'avance sans crainte jusqu'à ce que mon chemin ne soit plus qu'un parterre de fleurs sauvages. Devant moi, une rose rouge immense se tient droite, à côté d'un lys tigré tout aussi imposant. Je ne pourrais juger de rien, mais j'ai l'impression que ces deux fleurs ont un visage... Leur regard s'attarde sur moi avec une expression mélancolique. Elles ont aussi une bouche. Elles me sourient tristement, comme c'est étrange. Ma tête commence à tourner pendant que j'entends de douces voix s'élever... Ce sont les fleurs qui parlent entre elles. Elles se meuvent sans aucune difficulté, rient et finissent par s'accorder pour commencer à chanter en chœur. Je me sens lourd, tout engourdi... Rendez-vous en mort #4, page 222.

I – Les lettres codes des objets forment elles-mêmes un mot. Vous l'aurez déjà deviné, mais c'est son nom. Jouez le jeu et reconstituez les mots du tableau #12 : Combinaisons du Roi. Ils vous feront comprendre sa personnalité et peut-être pourquoi ce fut si difficile... Dès que vous y êtes, vous pouvez aller en note 21, III.

II – Vous réussissez à ouvrir la boîte ! À l'intérieur, vous y trouvez un hochet garni de billes qui fait un bruit sec de crécelle quand vous le prenez dans votre main. Cela vous fait sourire, mais vous avez été distrait et c'est la mort #1 qui vous attend, page 218 !

III – Parce que vous êtes un être humain, mon cher... Ne perdez pas votre sang-froid, mon ami, vous n'êtes pas tout à fait « tiré d'affaire », comme on dit sur le continent. Examinez bien vos trouvailles pour répondre à la prochaine question du Roi, il en va maintenant de votre vie. La douleur est si intense que son pauvre esprit pourrait être capable du pire en cet instant. Répondez correctement ! Poursuivez attentivement votre lecture du dernier paragraphe de 28, Echec au roi.

23. *L'atelier*

Il y a une bâtisse un peu en retrait, elle est différente des autres, mais je ne saurais pas dire pourquoi. Le manque de végétation autour

peut-être ? Ou encore ses murs droits sans aucune fioriture ? Au moins, il y a une enseigne plaquée dessus : « Quels beaux os vous avez là. » Ce n'est pas l'intitulé d'une enseigne, plutôt un compliment étrange. Je ne sais pas quel genre d'os je peux bien avoir, mais cela ne m'empêchera pas de poursuivre mes recherches. J'entre dans un endroit particulièrement lugubre. Il s'agit d'une morgue comme j'ai pu en voir dans des hôpitaux universitaires : petite, froide, entourée de trois rangées de bancs en bois, avec une estrade en son centre sur laquelle est installée une table d'autopsie souillée. Plusieurs lampes à pétrole y brûlent et une ampoule nue descend du plafond bas pour éclairer la table macabre. J'entends que l'on frappe sur quelque chose...
Un homme est penché sur un tas de planches ; affairé à les marteler, il ne semble pas avoir senti ma présence. Mais alors que je m'apprête à le saluer, j'entends un pleur, de l'autre côté de la salle. Mon sang se glace. C'est un immense Morse, qui, affalé contre un mur, sanglote à n'en plus pouvoir. Il est couturé d'un peu partout, ses dents absentes laissent voir deux trous béants dans sa gueule lorsqu'il reprend bruyamment sa respiration et

ses nageoires sont constellées de perfusions. Il porte un veston et un chapeau à visière. Il semble souffrir de malnutrition, l'absence de ses dents en étant probablement la cause. Ainsi, il apparaît rachitique, avec la panse du ventre gonflée. Je pense que les perfusions sont là pour lui administrer de quoi le maintenir en vie.

– Qu'avez-vous ?

Mes mots sortent malgré moi du fond de ma gorge.

Je consulte la conversation #5, page 208 pour poursuivre.

I – L'instant est critique en effet, vous avez bien fait de m'appeler. Pour répondre à la dernière énigme du Roi, vous devez avoir trois éléments dans vos Trouvailles. Le premier, c'est le Chapelier qui vous l'a remis en récompense à son test de logique. Le deuxième, c'est la Cuisinière qui vous l'a confié si vous avez bien répondu à sa devinette. Le troisième enfin, vous l'avez forcément avec vous, c'est la fleur de jasmin, mais vous devez savoir à quoi elle correspond. Je vous encourage à faire une rapide recherche dans vos documents, vous avez forcément trouvé quelque chose sur le langage des fleurs. S'il vous manque l'un de ces éléments... rendez-vous en Fin numéro 3, page 217. Sinon, rendez-vous en note 23,II.

II – Quelle chance ! Si vous savez à quelle saison correspond la fleur de jasmin, voyons si vous avez bien répondu à la devinette de la Duchesse, consultez le tableau #9 des combinaisons des pendentifs et suivez les instructions. Sinon, allez en Fin numéro 3, page 217.

III – Dites-le-lui... Vous pouvez continuer la lecture d'**Échec et mat en 29**.

24. *La fumerie*

Il y a une bâtisse étrange un peu plus loin. Elle est longiligne : large à la base, elle rétrécit pour s'élargir encore sur toute sa hauteur. Un toit ridiculement pointu achève son allure saugrenue alors que de la fumée s'échappe en d'épais nuages depuis les nombreuses cheminées qui la constellent. Vraiment c'est un endroit singulier... une enseigne en arc de cercle se trouve au-dessus de la porte, sur laquelle on peut lire « Fumerie ». Je me demande de quel type de fumerie il s'agit, mais il ne faut pas que je me laisse distraire. Autant entrer et vérifier par moi-même. La porte passée, je reconnais très rapidement l'odeur caractéristique de l'opium. Elle embaume tout le bâtiment.

L'intérieur est tout aussi bizarre que l'aspect extérieur, c'est une petite pièce avec un imposant comptoir à l'entrée, des coussins disposés un peu partout de manière anarchique sur le sol et des étagères qui croulent sous des bocaux au contenu... suspect. Derrière le comptoir, une grande Chenille verte est assise, un narguilé dans l'une de ses innombrables mains. Elle me regarde d'un air maussade et m'interpelle :

– Que voulez-vous ?

– Je suis... à la recherche de quelqu'un, mais il est peu probable que cette personne soit ici.

– En effet, rien n'est plus probable que sa très probable absence.

– Comment pouvez-vous dire ça, vous ne savez même pas de qui il s'agit ?

– En ai-je le besoin ? On ne vient pas ici pour trouver quelqu'un. Non. Dans la grande majorité des cas c'est pour trouver quelque chose. Or il s'agit d'une personne, n'est-ce pas ? Ou vous n'auriez pas dit être à la recherche de quelqu'un. Mais il n'y a que des choses présentes ici et des personnes introuvables.

Son discours me donnerait presque le tournis. Elle tire sur sa pipe lentement et avec minutie, puis recrache une fumée tellement âcre que les yeux commencent à me picoter.

– En voulez-vous ?

– Je vous remercie, sans façon...

– Vous êtes bien étrange, vous. Vous cherchez quelqu'un à un endroit où il n'est pas, pour n'y pas faire quelque chose qu'on est censé y faire.

– Je vous donne raison.

Ses paroles sont tellement obscures que je préfère éviter d'y prêter trop d'attention. Mais quel malheur si Alice est venue ici... Dois-je seulement croire cette créature ? Mes jambes sont lourdes tout à coup, je commence à me sentir assez mal... que puis-je faire ? Mon salut se trouve en note 11,III.

I – Voilà la toute dernière énigme ! Je ne doutais pas de votre intelligence, mais vous surpassez tout ce que j'aurais pu espérer ! Pour quelqu'un venant de l'autre côté du miroir, cela va sans dire... Vous devriez pouvoir réussir sans aucune difficulté cette ultime épreuve, si vous êtes arrivé ici. La question est elle-même une série d'indices. Cherchez dans vos précieuses Trouvailles ces quatre trésors que vous n'auriez pu trouver sans votre tendre fiancée et rendez-vous en note 24,II. Sinon, je vous retrouve en note 24,III.

II – Rendez-vous au tableau #11 des combinaisons des quatre saisons et suivez les instructions.

III – Il vous manque quelque chose. Mais ne vous inquiétez pas, vous avez vaincu le Roi : est-ce qu'une ridicule petite question à ce stade de la partie peut encore changer quelque chose ? Le rapport avec Alice vous échappe, tout cela doit encore être une ruse. Rendez-vous en Fin numéro 2, page 214 pour en finir une bonne fois pour toutes !

25. La plage

Je sens une odeur iodée qui provient du large. C'est étonnant, jamais je n'aurais cru qu'il puisse y avoir une mer ici. Marcher sur le sable et contempler l'horizon devrait me faire du bien. Je devrais pouvoir me repérer en suivant le vent salé.
C'est étrange, plus j'avance, plus il fait sombre... Mais j'entends bel et bien le ressac des vagues. La simple idée de me rafraîchir près de l'eau me revigore. J'avance plein d'espoir. Une odeur de feu de bois m'atteint rapidement, l'on a dû allumer un camp pour y voir dans ce crépuscule aussi sombre que soudain. J'aurais probablement de la compagnie... Voilà que j'arrive finalement sur la plage.

Toute de sable doré qui scintille sous l'éclairage d'un grand feu de camp, elle plonge dans l'obscurité dès que mon regard cherche au-delà de quelques pieds. Autour du feu je distingue quatre silhouettes manifestement occupées à partager un moment agréable. J'entends des rires, francs et heureux, de joyeux éclats de voix, tout cela accompagné d'une odeur de viande grillée. Le petit groupe festoie, leurs ombres projetant de grands mouvements lorsqu'ils trinquent entre deux pas de danse. Toute cette agitation est gouvernée par trois des quatre compères, l'autre silhouette restant légèrement en retrait dans le calme. Cela me rappelle certaines des soirées que nous passions, quelques amis et moi, alors que nous étions étudiants : il y avait toujours un compagnon moins robuste aux pintes qui ponctuaient nos amusements et qui avait besoin d'une légère distance pour reprendre ses esprits. La plupart du temps, nous finissions par le ramener à sa chambrée, endormi qu'il était par l'intensité de la soirée. Cette bonne humeur ambiante m'inspire une franche sympathie et je décide de m'approcher du groupe, dans l'euphorie de cet amusant souvenir.

Rapidement, je constate que j'étais dans le vrai : il s'agit bien d'un festin. Viande et vin sont là à profusion. Un Dodo géant, aussi grand que moi, vêtu comme un gentilhomme, un Lézard que je dépasse d'une demi-tête simplement habillé d'un veston et d'une casquette, et un animal étrange pourvu d'une tête et de pattes de veau dépassant d'une carapace de tortue, rient à gorge déployée. Ils sont clairement sous l'emprise de l'alcool et ne remarquent même pas ma présence alors que je m'approche un peu plus du feu.
La quatrième silhouette est en fait un majestueux Griffon aux traits si sévères qu'il semble réprimander du regard ses compagnons. Il est allongé, les pattes avant croisées devant lui sous son buste, les plumes de sa tête sont hérissées par endroits et son mécontentement trahit un instinct féroce. Bien que le joyeux petit groupe des trois ne m'ait pas remarqué, les sens du Griffon quant à eux sont suffisamment aiguisés pour m'avoir repéré. Ses grands yeux de rapace clignotent lorsqu'une ombre passe sur eux et ne se détournent pas.
Je ressens un certain malaise, mais lorsque je m'aperçois que la viande dégustée en ce moment

ressemble à s'y méprendre à des parties de corps humains, mes cheveux se dressent sur ma tête. En effet, je distingue sans peine des restes d'os humanoïdes, comme des fémurs, des morceaux de hanche et même des crânes. Je suis surpris de ne pas sentir de vapeurs d'alcool, puisque l'état des convives suggérerait qu'il y en ait une grande quantité. Pourtant leurs verres sont pleins et débordent d'un liquide épais et rouge... Je me rends à l'évidence de l'horreur de la situation et je comprends qu'il s'agit naturellement du sang de leurs victimes, des litres et des litres de sang... La terreur m'envahit si vite qu'il m'est impossible de bouger. Je dois prendre une décision, rapidement, tout en essayant de garder le peu de calme qu'il me reste. Cela serait de la folie de retourner sur mes pas, les trois monstres ne m'ont pas vu pour l'instant, mais qui dit qu'un autre mouvement de ma part ne les alerterait pas ? Sans oublier bien sûr que le Griffon, lui, me surveille intensément. Que puis-je faire ? Avec un peu de réflexion, mais dans l'urgence de la situation, je ne vois que deux options. La première : tenter de rester le plus discret possible jusqu'à ce qu'une opportunité se présente. Dans ce cas je me rends en note 20bis, III. Ou alors, je peux tenter de me tourner vers le seul individu qui a l'air sobre, il m'apportera peut-être un quelconque secours, dans ce cas je me rends en note 21,I.

I – Vous avez suffisamment d'indices pour choisir avec discernement. Je ne vous aiderai pas plus, notez votre réponse dans votre carnet. Vous en constaterez les effets en temps voulu. En attendant, consultez le tableau #7 et poursuivez votre lecture normalement.

II – N'ayez crainte, cela n'aurait rien changé. C'était une farce des deux personnages qui vivent ici. Amusant, non ?

III – C'est une chance en effet ! Le Griffon vous ramène au début de la **Deuxième partie : Ne poivrez pas trop la soupe !**, page 79. Vous n'aurez peut-être pas de seconde chance, soyez vigilant à l'avenir. Il disparaîtra juste après vous avoir déposé, alors ne soyez pas étonné de vous retrouver seul.

Troisième partie

Mémoire et sentiments

Seulement deux pièces ont accès à cette partie, si votre pièce d'échiquier ne peut avancer que d'une ou deux cases à la fois et que vous êtes là, vous avez triché. Relisez-vous. Si votre pièce d'échiquier ne se déplace qu'en diagonale et que vous êtes ici, c'est que vous avez aussi triché. Reprenez calmement vos esprits et recommencez.

26. Le long couloir

M'y voilà enfin... m'y voilà, après tant d'efforts et tant d'épreuves j'arrive enfin au bout de cette quête si fantasque. Que ce couloir peut me sembler long ! j'y vois à peine à deux pieds devant moi, tant il est plongé dans l'ombre. Il n'y a que le sol que je peux percevoir. C'est du marbre, j'entends les talons de mes souliers résonner à son contact, cela ressemble aux battements de cœur de l'une des statues que l'on peut admirer dans les musées. J'en viens même à imaginer les statues avoir un cœur... il est grand temps que tout cela s'arrête. J'accélère le pas, je n'y tiens plus, il faut en finir ! Là ! Enfin ! Une porte. Elle est apparue devant moi comme un éclair, encore quelques enjambées et je peux l'atteindre. C'est dans un grincement sourd qu'elle cède sous ma poussée et j'entre enfin dans ce qui devrait être l'ultime étape à franchir. Je me rends brusquement en note 19,II.

I – Voilà qui est bien idiot ! Bon... Tant pis pour vous. Rendez-vous en mort #8, page 227.

II – Mon kriss à la main, je m'apprête à ouvrir la boîte mais des coups sourds retentissent dans mon dos. Ils sont étouffés, c'est étrange... C'est seulement lorsque je me retourne que je comprends : la terre se soulève brusquement par à-coups au pied des pierres tombales ! Des choses cherchent à sortir ! Seigneur ! Ah ! Le kriss brille soudain ! Non, c'est le symbole sur sa lame ! Son éclat est de plus en plus fort, j'ai de la peine

Lapin Blanc
Le chat du Cheshire
La Chenille
Reine de Cœur
Simili Tortue
Le Loir
Tweedledum
Lièvre de Mars
Chapelier
Tweedledee
Cuisinière
Alice

à le regarder, mais j'entends les coups se calmer doucement, jusqu'à ce que le silence revienne. Un étrange pressentiment m'envahit, je jette la boîte le plus loin possible et pousse un soupir de soulagement. Il n'y a plus aucun bruit. Je peux poursuivre mon exploration et tenter de sortir d'ici.

III – Pourquoi me dérangez-vous ? C'est l'heure de ma sieste, vous n'êtes pas sans savoir que les chats ont besoin d'énormément de sommeil ! Je vais mettre un temps fou à me rendormir à présent, pour la peine je ne vous dirai rien ! ça vous apprendra !

27. Rencontre avec le Roi

La pièce est vaste, encombrée d'un tas d'objets disposés çà et là sur des tables, des consoles et des étagères. En face de moi, à peine dix pieds au fond de cette salle rectangulaire, siège une étrange armure. À côté d'elle un autre trône plus petit, vide. Sur son dossier, je peux voir une couronne dessinée, entourée de roses. J'en déduis sans peine qu'il s'agit de la place réservée à la Reine Noire. L'armure immobile quant à elle doit sans nul doute être celle du Roi. C'est un type d'armement qui m'est inconnu, il ne ressemble en rien à ce que j'ai déjà pu voir, y compris dans les nombreux pays que j'ai visités. Si je devais la décrire, il s'agirait d'un exosquelette en métal noir plutôt que d'une armure à proprement parler. Un peu plus en retrait sur la droite, du côté du trône de la Reine, s'élève à hauteur d'homme la statue d'un Lapin taillée d'un bloc dans une pierre blanche diaphane. Il est représenté debout sur ses pattes arrière, le buste légèrement tourné vers moi, me tendant sa patte avant gauche et désignant le sol de sa patte avant droite. Sa figure semble m'implorer et son regard empreint de tristesse a été représenté avec un tel réalisme que j'en reste saisi. Force est de constater qu'Alice n'est pas là. Je dois impérativement réussir cette dernière épreuve... j'avance avec pour seule arme le reste de mon courage et c'est alors que l'armure s'anime.

Je ne l'avais pas encore remarqué mais elle est entravée par des chaînes du même métal que le sien, du moins c'est ce qu'il me semble. Voilà certainement pourquoi je n'y ai pas fait attention avant. Le corps de métal s'agite et une voix sombre s'en échappe comme le ferait le vent depuis les tréfonds d'une caverne. La voix me dit :

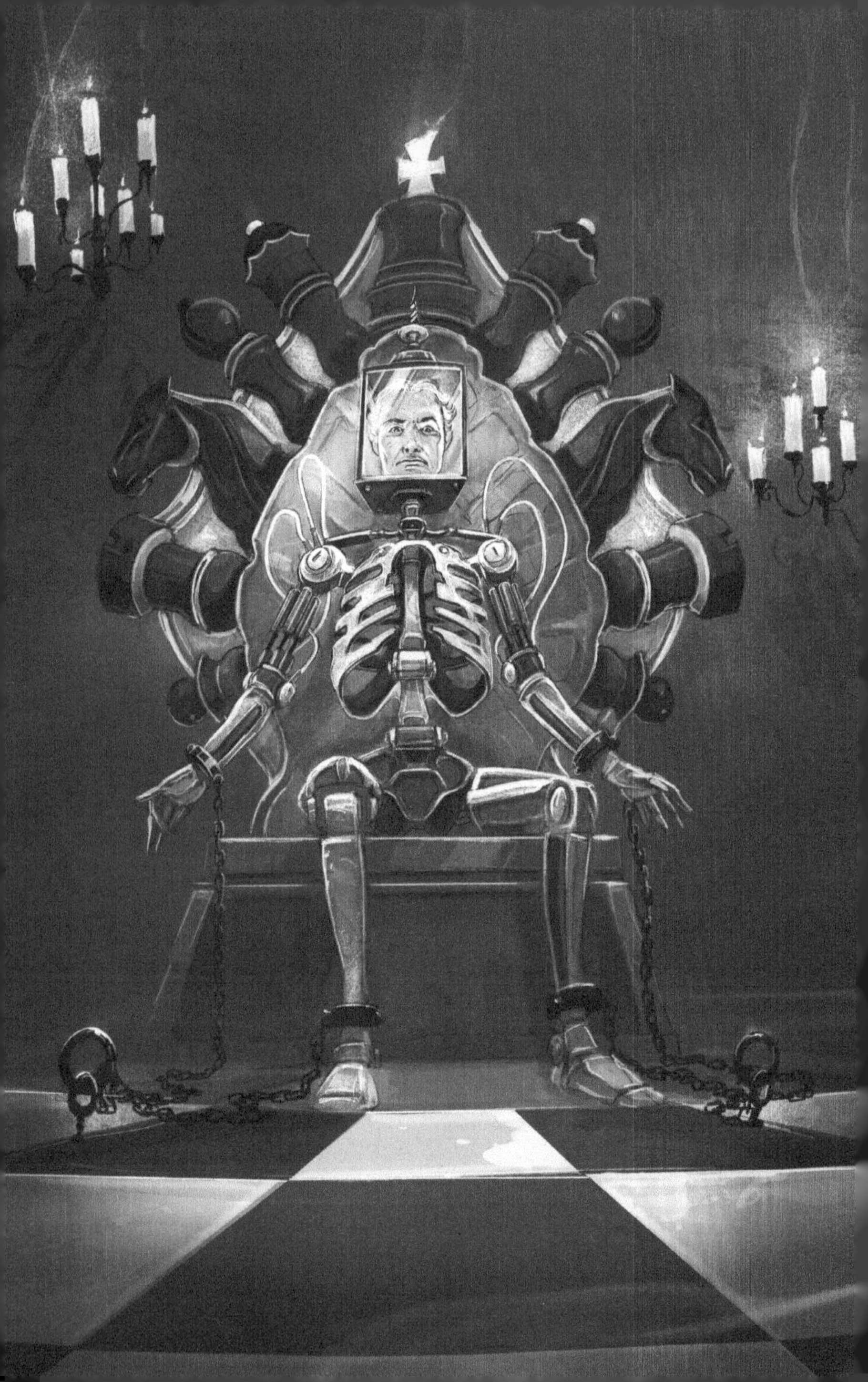

– Vous voilà. Vous voilà enfin. Êtes-vous venu mettre fin à mes pauvres jours ?
Hésitant, je lui réponds :
– Mes intentions ne sont pas mauvaises, Votre Majesté. J'ai été chargé de libérer quelqu'un, je recherche Alice. Il semblerait qu'elle ne puisse qu'être ici. Je vous en prie, délivrez-la ou libérez-la !
Il me répond dans un soupir de tristesse :
– Vous ne la trouverez pas. Il est impossible de trouver ce que l'on cherche et encore moins ce que l'on chérit dans cet endroit maudit. Ma Reine a été prise lors de la partie que vous avez jouée. Il ne vous reste plus qu'à gagner. Je vous en supplie… Répondez à cette question qui me hante ! Quelque chose m'échappe, je le ressens au plus profond d'un cœur qui m'a été arraché, il y a quelque chose qui n'est pas en ordre…
– Je vous écoute, sire.
– Qui… qui suis-je ?
– Sire ?
– Je sais qu'il y a là, jonchant le sol comme des déchets, des débris de mémoire. Aidez-moi ! Aidez-moi ! Qui suis-je ?
En effet, plusieurs tas d'objets sont amassés un peu partout. La tristesse de ce personnage me

déstabiliserait presque, mais je dois garder mon sang-froid. Voyons tout cela, il y a de nombreux objets disposés un peu partout. J'imagine que je n'ai pas le choix, je dois trouver ceux qui appartiennent réellement à la mémoire du Roi. Si je fais l'inventaire de tout ce qui est dispersé, voici ce que je peux voir. Une horloge brisée se trouve sur une commode dont l'un des tiroirs ouverts laisse entrevoir un ours en peluche. Une carafe vide est posée sur une petite table ronde, à côté d'une photographie encadrée que je reconnais, c'est Alice Liddell lorsqu'elle était enfant. Un vieux sac en cuir traîne à même le sol, près du trône de la Reine. Plus sinistre, un crâne de corbeau est accroché à un mur, au-dessus d'une petite étagère sur laquelle est posé un vase bleu contenant une branche de jasmin blanc. Sur une table de jeux, il y a un échiquier sans ses pièces. Enfin, un peu plus loin, sur une table en bois fatiguée, je distingue un encrier à gauche d'un cahier sur lequel je peux lire « Journal intime », mais les pages sont remplies de lignes illisibles. Un boulier a aussi été laissé là, près du Journal Intime.

En me rendant au tableau #14, je peux m'y retrouver.

28. Échec au Roi

Un grand fracas me fait sursauter, suivi d'un hurlement déchirant l'atmosphère. Je recule vivement de plusieurs pas jusqu'à me retrouver dos au mur opposé. Les chaînes qui l'entravaient se sont brisées en un instant dès lors que sa mémoire lui est revenue. Je vois à présent son triste visage de cendre, aux yeux tombants et cernés de mauve, dont les traits sont tordus par la douleur. J'aurais eu grande peine à le reconnaître, on aurait dit que l'on avait déterré son cadavre pour lui insuffler une nouvelle vie uniquement dans le but de la rendre misérable. Des larmes embrument soudain mon regard. Pourquoi suis-je aussi triste ? Le Chat me souffle un mot en note 22,III.

Le roi s'avance vers moi en titubant, écrasant le sol avec fracas. Sa bouche est déformée par un rictus nerveux, ses mouvements sont imprévisibles et brusques. Il a perdu l'esprit et avance dans ma direction. La détresse de ses yeux me transperce le cœur, et sa voix brise mes dernières forces mais pas ma volonté d'en finir. Qu'il pose sa question et que son calvaire prenne fin.

I – Non, rien à dire ici.

II – Circulez, y'a rien à voir !

III – Vraiment, je vous trouve tout à fait obstiné !

29. *Échec et mat*

– Oui, le Pays des merveilles... c'est donc par moi que toute cette horreur a commencé... Dites-moi... Pour quelle raison ai-je fait une telle chose ? De plus en plus menaçant, la douleur laisse un peu plus de place à la rage et son œil commence à se veiner de rouge. J'aperçois un filet blanc et mousseux couler le long de la commissure de ses lèvres. Vite ! Je dois trouver la solution, ou je ne donne pas cher de ma peau ! Cheshire ! Au secours ! Il me répond en note 23,I.

Attention, ne continuez pas de lire si vous n'avez pas trouvé la bonne combinaison dans le tableau #9.

« En souvenir d'un après-midi d'été. » Le regard de la tête s'embrume tout d'un coup, je vois une fissure lézarder sa vitrine de verre jusqu'à la craqueler puis la briser totalement. Dans un hurlement d'animal, sa tête tourne sur elle-même des yeux révulsés et noyés de larmes. C'est un spectacle épouvantable, digne de mes pires cauchemars. Sa voix devient de plus en plus aiguë, au point que j'ai du mal à la supporter. Je me bouche les oreilles et me baisse pour éviter les débris de son exosquelette qui volent, comme propulsés depuis l'intérieur. La terreur s'empare de moi, il n'y a aucun endroit où m'abriter, je suis obligé d'être le témoin de la destruction de cet esprit autrefois brillant. Je n'en peux plus ! Que cela s'arrête ! Dans un râle d'agonie, son cri meurt enfin. La tête a roulé sur le sol, la langue pendante et bleue, les pupilles blanches, elle brille encore de larmes. J'ose regarder ce qu'il reste de l'armure de fer, mais elle fume en tas inerte au pied du trône. Tout est enfin calme, mais mon cœur est lourd. Je ne saurais dire pourquoi, mais ce que j'éprouve n'est pas très clair. Sur cette victoire douce-amère, je dois rendre le peu de dignité possible à cet être qui fut autrefois un exemple pour les jeunes gens qu'il avait sous sa garde. D'un geste aussi délicat qu'il m'est donné de le faire, je lui ferme les yeux. J'ai vaincu le Roi Noir. Il me faut maintenant retrouver Alice. Ce maudit Chat n'est pas encore apparu, j'ai l'impression d'avoir déjà fouillé cette pièce de fond en comble, que puis-je encore faire d'autre ? Il n'y a plus que la statue du Lapin ***(document #25)***...

Soudain, tout redevient noir devant moi. Le Chat apparaît dans l'obscurité et me parle en note 24,I.

I – Bien pensé, on aurait pu croire que les derniers paragraphes contenaient la réponse, mais non. Vous n'avez décidément rien compris au fonctionnement du pays des merveilles.

II – Perdu !

III – Non, il n'y a rien à voir.

Carnet
de notes

Règles du jeu

Vous avez peut-être participé un jour à un Escape Game, ce jeu où il faut trouver le moyen de sortir en moins d'une heure d'un lieu clos en résolvant des énigmes. L'Escape Book en reprend les codes et les principes. Bien sûr, il n'y a pas de limite de temps. Mais il y a des énigmes et des épreuves ! Seule votre astuce vous permettra de sortir de ce livre ! Pour vous guider, voici un petit ensemble des principales règles du jeu.

Explorez les différents endroits

Le héros est passé de l'autre côté du miroir pour arriver dans un monde qu'il croyait jusque-là être imaginaire. C'est un monde clos, débutant par une entrée et se terminant par une sortie. Il est constitué de plusieurs lieux par lesquels vous devrez passer (ou surtout pas !) pour y évoluer et vous en échapper. Malgré une certaine liberté de mouvements, au début du livre, vous ne pouvez pas accéder à n'importe quel endroit. Il vous est interdit de lire les descriptions des lieux que vous

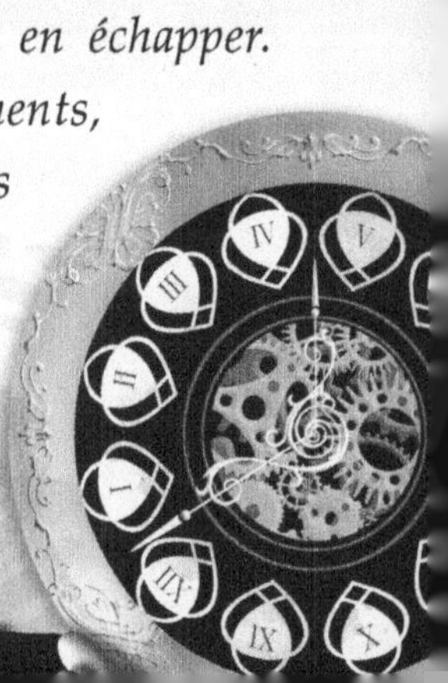

n'avez pas encore découverts, vous devrez d'abord résoudre une énigme, vaincre un ennemi ou encore trouver un code pour y parvenir. Laissez-vous guider par les indications qui vous préciseront clairement si vous pouvez poursuivre votre lecture ou non. Chaque lieu a son propre plan qui vous est fourni, consultez-le à loisir !

Les retours en arrière sont difficiles mais pas impossibles au pays des merveilles. Si vous avez de la chance, vous aurez accès à l'Arbre des directions, gouverné par votre ami le Chat du Cheshire. Cet arbre vous indiquera, à une étape cruciale de votre avancée, les directions des lieux dans lesquels vous avez la possibilité de vous rendre. Pour corser un peu les choses, le Chat du Cheshire n'a inscrit sur les pancartes que les noms des personnages qui gardent chacun de ces lieux. Votre carnet de notes vous sera fort utile !

Exemple : Si vous avez découvert le cimetière, l'Arbre des directions vous indiquera sa direction avec l'inscription « La Cuisinière ». Puisqu'il s'agit d'un lieu riche en recoins et découvertes, d'autres pancartes vous les indiqueront également, que vous les ayez découverts ou non (de toute façon, vous n'y entrerez pas facilement, sauf si cela est prévu dans le texte). Donc, vous pourrez lire sur l'Arbre des directions concernant le cimetière : La Cuisinière, Humpty Dumpty, La Duchesse, Le Lys Tigré et enfin Le Morse et le Charpentier. Libre à vous de décider qui vous souhaitez aller voir. À vos risques et périls.

Important : *votre héros a entendu une voix depuis le début de l'aventure. C'est le Chat du Cheshire qui lui parle directement. Tout ce qu'il lui dit est consigné dans des notes de bas de page I, II, III. Ces notes ne peuvent être lues que sous certaines conditions. Elles peuvent se révéler être très précieuses, ne les négligez pas. Comment les lire ? C'est en résolvant des énigmes, la plupart du temps, que vous pourrez vous y référer, ou après avoir accompli certaines actions. Toutefois, il vous est possible – sur les indications du Chat de Cheshire – de vous référer à des notes situées à d'autres endroits que l'action dans laquelle vous êtes. Ne perdez pas le fil ! Ces indications sont précieuses pour votre progression.*

Il vous est impossible de lire ces notes dans la continuité des paragraphes, n'essayez pas : vous seriez complètement perdu. Votre carnet de notes sera votre plus précieux allié.

Autres règles du jeu

Le pays des merveilles est un échiquier sur lequel se déroule une partie opposant les blancs aux noirs. Sur les traces d'Alice, vous jouez du côté des blancs et pouvez choisir entre quatre pièces, mais attention ! une seule d'entre elles arrivera au bout. C'est donc à vous de ne pas vous tromper dès le départ en choisissant le bon personnage à incarner.

Cependant, comme rien n'est impossible dans ce monde, il vous est permis de changer d'incarnation au cours de la partie. Lorsque ce choix vous est proposé, sachez qu'il est irréversible jusqu'à ce que vous quittiez le lieu dans lequel vous avez changé d'incarnation. Pas de retour en arrière dans un même endroit.

La partie d'échecs que vous allez jouer existe réellement dans notre monde. Elle se déroule en plusieurs coups qui ont été simplement rassemblés en phases. Chaque lieu que vous visitez correspond à une phase de la partie d'échecs jouée, avec les personnages, actions et objets correspondants. N'ayez crainte, vous n'avez pas besoin de savoir jouer aux échecs et encore moins de savoir de quelle partie il s'agit pour vous en sortir. Fiez-vous à votre sagacité et à votre concentration !

Comme vous avez pu le lire plus haut, le temps n'a pas d'importance avec un Escape Book, contrairement au principe de l'Escape Game. Néanmoins, la partie d'échecs qui est jouée dans ce livre respecte les contraintes temporelles du sablier. La règle de cette mesure du temps obligeait le joueur dont c'était le tour à ne pas dépasser le temps que l'autre avait mis pour jouer son coup de plus de quelques minutes. Fort heureusement pour vous, il est impossible de vous contraindre à une telle règle. Vous n'échapperez pas à un stress supplémentaire pour autant ! Vous serez, à certains moments, soumis à la vitesse du récit sous la forme d'événements amenés plus rapidement que d'autres.

***Une dernière chose :** n'oubliez pas que votre problématique est double. Vous devez non seulement sortir vivant du pays des merveilles, mais aussi ramener Alice Liddell avec vous. Point de victoire si la dernière condition n'est pas remplie.*

Trouver des objets et les utiliser

Au fur et à mesure de votre progression, vous serez amené à trouver des objets. Certains vous seront utiles et d'autres non. Ce sont vos « Trouvailles ». Ils sont tous décrits dans les annexes, p. 149. Il vous est bien entendu défendu de lire la description d'un objet si vous ne l'avez pas trouvé. Mais s'il est effectivement en votre possession, n'oubliez pas de lire attentivement sa description. Des indices peuvent s'y trouver que vous ne pouvez obtenir qu'à ce moment-là. Certains de ces objets sont marqués d'un symbole, ce qui signifie que vous pouvez les utiliser en les assemblant entre eux ou avec autre chose. C'est le mécanisme des combinaisons. Cet élément peut-il déverrouiller cet engrenage et ouvrir cette boîte ou cette porte ? Cette suite de symboles me permettra-t-elle de trouver la bonne réponse à l'énigme posée ? Ai-je le bon élément sur moi pour remarquer certains indices cachés dans la pièce ?

Les combinaisons sont là pour répondre à ce type de question. Relevez le symbole de l'objet et celui de l'élément sur lequel vous voulez l'utiliser et consultez les tableaux des combinaisons d'objets, page 183. Si vous avez été malin et que cette combinaison est possible, on vous dira à quel endroit vous rendre pour en découvrir le résultat… qui pourrait parfois vous surprendre.

Les morts

Lorsque vous mourez, peu importe comment, vous recommencez au début du livre.

Les pièces d'échiquier

Vous pouvez incarner, du côté des blancs (tout comme Alice l'a fait avant vous), la dame, le pion, le cavalier ou le fou. Précisons que vous suivez une partie qui s'est réellement déroulée entre deux joueurs chevronnés. Pour éviter de trop vous aider, nous nous contenterons de vous dire qu'il s'agissait d'une partie amicale du début du XXe siècle. Dans cette partie, nous avons suivi l'itinéraire des pièces blanches les plus intéressantes, ou de celles dont les mouvements ont été décisifs dans la victoire des blancs. Nous avons veillé à ce que chaque possibilité pour chacune des pièces corresponde au même nombre de coups dans la véritable partie. C'est pourquoi, le cavalier n'entre pas sur l'échiquier au même endroit que le pion par exemple. Lewis Carroll avait utilisé une partie d'échecs fictive pour écrire Alice à travers le miroir, vous, vous allez en vivre une réelle avec les mêmes pièces, les mêmes nombres de coups, prises et pertes des mêmes pièces. Vous ne vous en rendrez pas compte, vous n'avez pas besoin de savoir jouer aux échecs, rassurez-vous. Laissez-vous simplement guider.

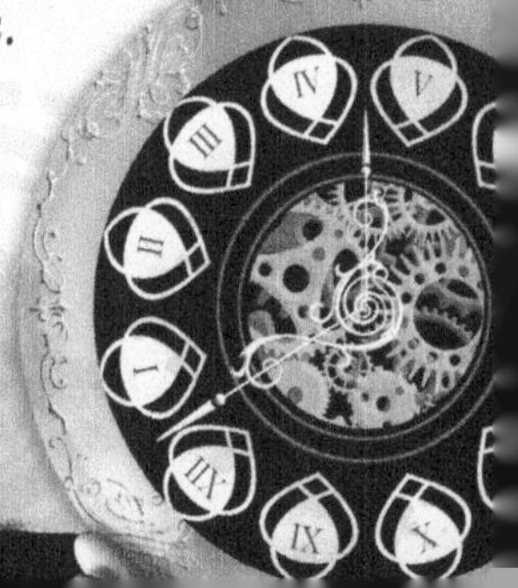

Un mot supplémentaire

Nous insistons, mais au cas où : une fois que vous avez choisi d'incarner le fou, le cavalier, la dame ou le pion, vous l'incarnez du début à la fin du livre. Si vous voulez changer d'incarnation (parfois cela sera votre seule manière de vous en sortir), vous ne pourrez le faire qu'en buvant une fiole que vous trouverez à certains endroits.

Trouvailles

☐ Trouvaille #1 : Le portrait d'Édith

C'est une jolie jeune femme de 24 ans, brune, à la chevelure coiffée en chignon épais, dont quelques petites mèches soyeuses s'échappent. Ses grands yeux bleus fixent l'objectif du photographe derrière ses longs cils noirs. Ses sourcils forment deux virgules assez fines et bien dessinées. Elle a un visage fin aux traits délicats, des lèvres charnues naturellement d'un rose sombre. Assise de trois quarts sur la droite, elle esquisse un très léger sourire. Son portrait n'est tiré que jusqu'au buste. On ne voit que le haut de sa robe boutonnée de cuivre jusque sous son menton. Vous avez l'âme d'un grand romantique, cela vous sauvera peut-être…

☐ Trouvaille #2 : Le kriss

« Il te protégera des mauvais génies », c'est bien ce que vous avait dit ce moine lorsque vous lui aviez sauvé la vie ? Vous aviez alors souri des superstitions tibétaines. Pourtant il se pourrait bien que cet objet soit réellement chargé d'un pouvoir protecteur.

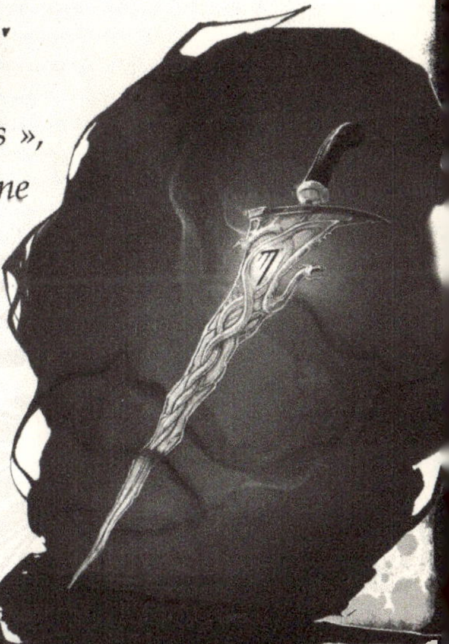

☐ *Trouvaille #3 : Liste des symboles mystiques*

SIGNIFICATION DES SYMBOLES MYSTIQUES

ཀ་	Protection, bouclier	ས་	Chance
ཐ་	Vue, vision, voir	ཉ་	Amour vrai, sentiment
ཆ་	Secret, ce qui est caché	ད་	Mal, néfaste, cruel
ཁ་	Mort, fin de cycle	མ་	Bien, bon
ཏ་	Esprit malin, démon	ཨ་	Inéluctable, inévitable
ཤ་	Force, puissance		

☐ *Trouvaille #4 : L'étiquette de thé*

Voilà un bien piètre trophée pour tant de peine… C'est pourtant une jolie petite chose qui est nommée « Souvenir ». Une fleur de myosotis est dessinée dessus. Vos leçons de botanique vous reviennent soudainement et vous revoyez votre professeur d'alors vous enseigner le langage des fleurs. Celle-ci est en effet symbole de mémoire, elle signifie « Ne m'oublie pas ».

☐ Trouvaille #5 : Une étrange lampe

Trouvée grâce à la résolution de l'énigme du corbeau, elle vous aide à y voir plus clair dans ce monde particulièrement étrange. Mais, toute seule, elle ne vous aidera pas beaucoup. Vous devez la combiner avec un autre élément que vous êtes censé conserver précieusement avec vous pour voir les secrets et découvrir ce qui vous permettra peut-être de retrouver Alice. Le tableau #5 des combinaisons des symboles mystiques devrait vous aider à comprendre cette question.

☐ Trouvaille #6 : Les gants blancs χ

Symbolisés par la lettre [khi] de l'alphabet grec, ils sont étonnamment petits mais taillés dans un tissu particulièrement raffiné. À l'intérieur de l'un d'eux, vous remarquez une étiquette sur laquelle est brodé au fil d'or « Déméter ». C'est le nom de la déesse grecque qui est le plus liée avec la terre dans sa dimension nourricière lorsqu'elle est fertile. Vous retrouverez ce symbole dans le tableau #11.

☐ *Trouvaille #7 : Une question idiote*

"Pourquoi un corbeau ressemble-t-il à un bureau ?"

Il est fort à parier que cette question vous soit posée
Sous une forme ou sous une autre
Sachez que la réponse est tout à fait vraie.
Un écrivain célèbre plus qu'un autre,
Grand ami d'un écrivain français,
Vousinspirera sans faute.
Pensez à ce que vous utilisez
Pour écrire, vous asseoir, réfléchir ou penser.

☐ *Trouvaille #8 : Le livret de recettes.*

Si vous voyez le symbole d'une louche de cuisine quelque part, vous pouvez jeter un œil au tableau #7 : Combinaisons du temps de cuisson.

Porridge

Portez le lait à ébullition et faites-y tomber les flocons d'avoine en pluie sans cesser de remuer. Baissez le feu et remuez jusqu'à la reprise de l'ébullition. Couvrez et laissez mijoter entre quinze et vingt minutes. Remuez de temps à autres. Servez dans une assiette creuse et ajoutez une cuillerée de sucre roux ou de miel.

Christmas Pudding

Coupez les écorces et les fruits en morceaux. Préparez une grande bassiné dans laquelle vous mélangerez dans l'ordre : le lait, les oeufs, l'alcool, le sucre, la farine, la graisse, les amandes en poudre, la muscade, les raisins, les écorces et les fruits. Préparez un bol en le graissant avec de l'huile. Versez la mixture dans le bol. Posez une assiette dessus et mettez le bol au bain-marie. Portez à ébullition, puis réduisez le feu pour laissez mijoter pendant six heures. Rajoutez de l'eau au fur et à mesure de l'évaporation. Après la cuisson laissez refroidir puis enveloppez le pudding dans un torchon blanc. Remettez le au bain -marie pendant deux heures avant de le servir et flambez-le au rhum une fois à table.

5'

Soupe à la tortue

Faites chauffer une tasse d'huile dans une marmite. Ajoutez une tasse de farine en tournant, continuez jusqu'à ce que le roux soit bien coloré. Ajoutez un oignon finement haché et laissez cuire à feu doux pendant cinq minutes. Hachez le jambon et ajoutez-le à la préparation avec le contenu d'une boîte de sauce tomate. Mélangez concienscieusement le tout et laissez mijoter dix minutes au coin du feu.

Ajoutez la viande de tortue coupée en morceaux et tournez pendant cinq minutes. Versez peu à peu quatre litres d'eau. Ajoutez l'ail, le thym, du laurier, des clous de girofles, les épices, le sel et le poivre. N'oubliez pas la cuillerée de Worcestershire sauce !

Amenez lentement à ébullition et laissez mijoter une bonne heure. Dix minutes avant de servir ajoutez le jus de quatre citrons et deux verres de cognac lorsque vous retirez la soupe du feu.

Fish and chips

Mélangez la farine avec la bière puis ajoutez les jaunes d'œufs. Montez les blancs en neige ferme et incorporez-les délicatement dans la préparation. Ne les cassez pas !

Trempez-y ensuite les filets de poisson. Enduisez-les généreusement puis passez-les à l'huile de friture chauffée entre cent-soixante et cent quatre-vingt degrés Celsius pendant trois ou quatre minutes. Égouttez soigneusement une fois bien dorés. Servez accompagnés de pommes frites.

Scones aux raisins

Dans un bol, mélangez la farine avec le sucre. Ajoutez la levure et une pincée de sel. Incorporez ensuite le beurre mou coupé en lamelles. Dans un bol à part, mélangez le lait et le jaune d'œuf. Rajoutez peu à peu ce mélange avec celui de la farine jusqu'a ce que la pâte soit molette. Si elle était trop collante, ajoutez-y un peu de farine. Ajoutez quelques raisins. Formez de petites boules de trois à quatre centimètres de diamètre à l'aide d'une cuillère et déposez-les sur une plaque de cuisson. Enfournez pendant quinze minutes. Servez avec un thé fumant.

PD. OUT
Livres sterlings Cents
0 . 08
Perséphone

☐ *Trouvaille #9 : La montre à gousset* ζ

Elle est symbolisée par la lettre grecque [zêta]. Magnifique bijou en argent, cette montre pourrait parfaitement convenir à une jeune fille. Délicatement ciselée, elle est incrustée en son centre d'un petit diamant, sur fond d'émail bleu nuit. Lorsque vous l'ouvrez, vous lisez « Hécate » gravé sur son couvercle intérieur. Vous la connaissez en tant que déesse souveraine des mondes ténébreux et souterrains où tout est froid et mort.

☐ *Trouvaille #10 : Le petit veston* ξ

Il porte le symbole de la lettre grecque [ksi]. En velours indigo léger, il a un contact soyeux sous vos doigts. La finesse des points de broderie dans les pétales de fleurs qui l'ornent est si exceptionnelle que même quelqu'un d'insensible à ce genre de détails, tel que vous, la remarquerait sans peine. Il est taillé pour un buste de jeune enfant, et vous distinguez quelques poils blancs accrochés à la doublure. Sur l'étiquette du col intérieur, vous lisez « Perséphone ». Avec un peu de volonté, vous vous souvenez qu'il s'agit de la fille de Déméter, qui, lorsqu'elle rejoint sa mère à un certain moment de l'année, amène avec elle une nouvelle floraison. Vous retrouverez ce symbole dans le tableau #11.

☐ Trouvaille #11 : Le presse-papier en forme de trèfle

Il fait partie d'un ensemble, vous devriez aller en note 2,III.

☐ Trouvaille #12 : La clé dorée

Elle est si petite qu'on aurait tôt fait de la perdre ! Vous l'aviez cachée là pour garder vos affaires en sécurité. La prudence est une prérogative indispensable quand on travaille en politique. Ce symbole vous rappelle maintenant quoi faire. Rendez-vous en note 1,II (Le bureau d'ébène) pour ouvrir la boîte sur votre bureau.

☐ Trouvaille #13 : L'un des pendentifs de la Cuisinière

Cette trouvaille est un peu particulière dans sa présentation. La forme du pendentif dépend de la réponse que vous avez donnée à la Cuisinière et qu'il vous a été vivement conseillé de noter ! Une seule réponse étant la bonne, le suspense reste entier jusqu'au bout. Selon la réponse que vous lui avez faite en tableau #13, vous possédez un de ses quatre pendentifs. Ce n'est qu'à la fin de votre aventure que vous saurez si vous avez réussi. Néanmoins, voilà les symboles de ces artefacts. Entourez le vôtre pour vous en souvenir le moment voulu.

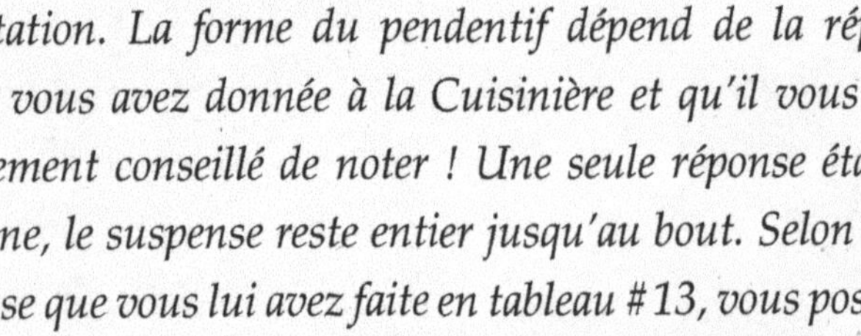

☐ *Trouvaille #14 : L'éventail* φ

Symbolisé par la lette [phi] de l'alphabet grec, cet objet est particulièrement précieux. Bien que petit, il a été sculpté dans de l'opaline blanche dont les morceaux ont été assemblés avec de minuscules anneaux d'or. Le tissu qui le compose est constitué d'une infinité de petites écailles d'argent qui changent de couleur en fonction des rayons du soleil. En lettres cursives dorées est écrit le nom « d'Aphrodite ». Vous vous souvenez que selon la légende, il s'agit de la déesse grecque des sentiments et qu'elle est née d'un coquillage à la surface de la mer sous le chaud soleil des Cyclades. Vous retrouverez ce symbole dans le tableau #11.

Documents

Document #1 : Attention, le texte n'apparaît que si vous avez été invité à le lire, sans quoi la page reste blanche.

Quelle pièce devez-vous prendre ?

Voilà de précieux indices pour vous aider.

Je la nomme explicitement.
Fort heureusement que vous ne l'êtes pas.
Elle avance de plus de deux pas à la fois.
Je ne fais pas référence à ses accessoires

Avez-vous trouvé ?

Choisissez la bonne porte et gagnez la partie.
Ou mourrez seul et sans aide.

Document #2 :

L'heure lui est connue,
Fort bien vêtu,
Tout de blanc ganté,
Il s'évente quand vient l'été.

Document #3 : Choisissez avec prudence ! Voilà l'énigme qui commence.

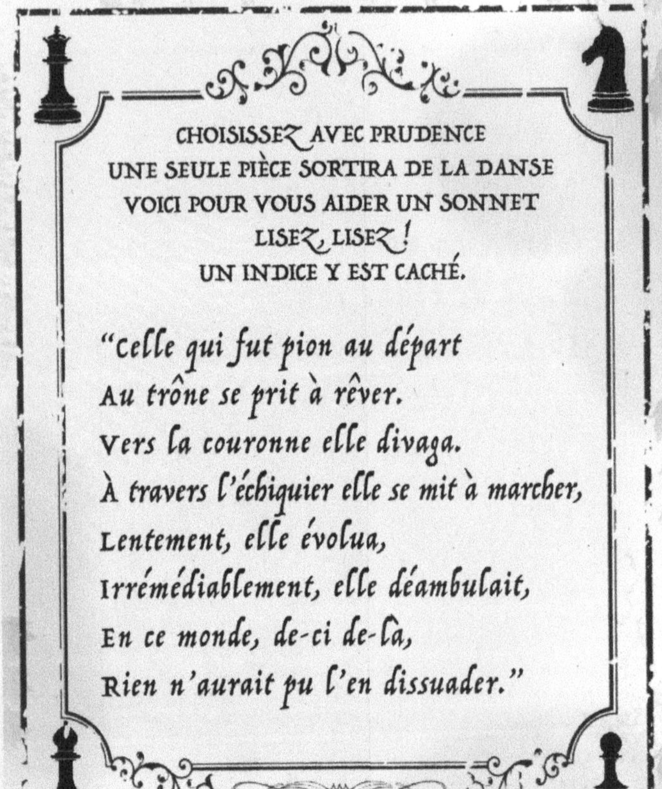

CHOISISSEZ AVEC PRUDENCE
UNE SEULE PIÈCE SORTIRA DE LA DANSE
VOICI POUR VOUS AIDER UN SONNET
LISEZ, LISEZ !
UN INDICE Y EST CACHÉ.

"Celle qui fut pion au départ
Au trône se prit à rêver.
Vers la couronne elle divaga.
À travers l'échiquier elle se mit à marcher,
Lentement, elle évolua,
Irrémédiablement, elle déambulait,
En ce monde, de-ci de-là,
Rien n'aurait pu l'en dissuader."

Document #4 : Portrait d'Edgar Allan Poe

L'auteur vous regarde tristement de ses yeux clairs. La photographie a été tirée sur un papier mat épais et très doux au toucher. Machinalement, vous le retournez et pouvez y lire une phrase écrite à la main, suivie de la signature de Lewis Carroll. Dans le coin droit, il y a une plume d'encrier dessinée. C'est un symbole que vous devriez retrouver près de l'endroit où vous avez découvert ce portrait. Consultez la note 10,I.

Document #5 : Le livre mauve, **Histoire du vieil homme assis sur la barrière**

Je vais te conter maintenant
L'histoire singulière
De ce bon vieillard chargé d'ans.
Assis sur la barrière.
« Qui es-tu ? Quel est ton gagne-pain ? »
Dis-je à cette réplique.
Comme un tamis retient du vin,
Je retins sa réplique.
« Je pourchasse les papillons
Qui volent dans les nues ;
J'en fais des pâtés de mouton,
Que je vends dans les rues.
Je les vends à de fiers marins

Qui aux flots s'abandonnent ;
Et c'est là mon seul gagne-pain...
Faites-moi donc l'aumône. »
Mais, moi, qui concevais ce plan :
Teindre en vert mes moustaches
Et me servir d'un grand écran
Pour que nul ne le sache,
Je dis (n'ayant rien entendu),
À cette vieille bête :
« Allons, voyons ! Comment vis-tu ? »
Et je lui cognai la tête.
Il me répondit aussitôt :
« Je cours à rendre l'âme,
Et lorsque je trouve un ruisseau
Vivement, je l'enflamme ;
On fait de l'huile pour cheveux
De cette eau souveraine ;
Moi, je reçois un sou ou deux ;
C'est bien peu pour ma peine. »
Mais je pensais à un moyen
De me nourrir de beurre,
Et ne manger rien d'autre, afin
D'engraisser d'heure en heure.
Je le secouai sans façon,

Et dis, plein d'impatience :
« Allons, comment vis-tu ? quels sont
Tes moyens d'existence ? »
« Je cherche des yeux de brochets
Sur l'herbe radieuse,
J'en fais des boutons de gilets
Dans la nuit silencieuse.
Je ne demande ni diamants
Ni une bourse pleine ;
Mais, pour un sou, à tout-venant
J'en donne une douzaine.
Aux crabes, je tends des gluaux,
J'en fais un grand massacre ;
Ou je vais par monts et par vaux
Chercher des roues de fiacre.
Voilà comment, en vérité,
J'amasse des richesses...
Je boirais bien à la santé

Document #6 : Le livre jaune, **Le Poème d'Humpty Dumpty.** *Lorsque vous en aurez besoin, rendez-vous en note 2,II.*

En hiver, quand les prés sont blancs,
Alors je te chante ce chant.
Au printemps, quand les bois s'animent,
Je te dirai à quoi il rime.
En été, quand les jours sont longs,
Tu comprends bien ma chanson.
En automne, où souffle le vent,
Tu la copieras noir sur blanc.
J'ai envoyé un message aux poissons,
En leur disant d'obéir sans façons.
Les petits poissons du grand océan,
Ils m'ont répondu d'un ton insolent.
Voici ce qu'ils m'ont dit d'un ton très sec :
« Non, monsieur ; et si nous refusons, c'est que… »
J'ai dit : « Prenez le temps de réfléchir ;
Vous feriez beaucoup mieux de m'obéir. »
Mais ils m'ont répondu d'un air moqueur :
« Monsieur, ne vous mettez pas en fureur ! »
Deux fois je les ai fait admonester,

Mais ils ont refusé de m'écouter...
J'ai pris une bouilloire de fer-blanc
Qui me semblait convenir à mon plan.
Le cœur battant à coups désordonnés,
J'ai rempli la bouilloire au robinet.
Alors quelqu'un est venu et m'a dit :
« Tous les petits poissons sont dans leur lit. »
Je lui ai répondu très nettement :
« Il faut les réveiller, et prestement. »
Cela, bien fort je le lui ai crié ;
À son oreille je l'ai claironné.
Il prit un air saisi et mécontent,
Et dit : « Ne hurlez pas, je vous entends ! »
Il prit un air mécontent et saisi
Et dit : « J'irais bien les réveiller si... »
Alors j'ai pris un grand tire-bouchon,
Pour m'en aller réveiller les poissons.
Hélas ! la porte était fermée à clé ;
J'eus beau cogner, je ne pus m'en aller.
Comment pouvais-je sortir désormais ?
J'essayai de tourner la poignée, mais...
Le poème s'arrête ici.

Document #7 : Le livre vert,* Le Poème de l'Alloindre, *annoté à la main d'une écriture scolaire

Il était grilheure ; les slictueux toves
Gyraient sur l'alloinde et vriblaient ;
Tout flivoreux allaient les borogoves ;
Les verchons fourgus bourniflaient.

Grilheure : six heures du soir.
Slictueux : souple, actif, onctueux.
Toves : animal ressemblant à un mélange entre un blaireau, un lézard et un tire-bouchon.
Gyrer : tourner en rond comme un gyroscope.
Vribler : faire des trous comme des vrilles.
Alloinde : allée qui part du cadran solaire.
Flivoreux : frivole et malheureux.
Borogove : oiseau maigre d'aspect minable avec des plumes hérissées dans tous les sens.
Verchons : sortes de cochons verts.
Fourgus : fourvoyés, égarés, perdus.
Bournifler : émettre un beuglement, un éternuement et un sifflement dans le même temps.

Document #8 : Le livre bleu, Souvenir d'un après-midi d'été

Ô belle enfant au front si doux
Aux yeux tout imprégnés de rêves !
Malgré la distance entre nous
Dans cette existence trop brève,
Tu accueilleras en souriant
Ce récit, don d'un cœur aimant.

Jamais je ne t'ai vue ; jamais
Je n'entendis ta voix ravie ;
Jamais non plus je ne pourrai
Avoir une place en ta jeune vie.
Mais ton cœur, je le sais, pourtant,
Aimera ce conte d'enfant.

Je l'ai commencé autrefois :
Le clair soleil dardait sa flamme,
Et la cadence de ma voix
Suivait la cadence des rames…
C'est en vain qu'ont passé les ans,
Ma mémoire défie le temps…

Écoute, avant qu'ait retenti
Cet appel ferme et sans réplique
Qui t'invite à gagner ton lit,
Toute triste et mélancolique !
Nous sommes tous de vieux enfants
Qui se couchent en rechignant.

Dehors c'est la neige et le gel,
Les rafales de la tempête ;
Mais, dedans, un feu substantiel
A mis ton jeune cœur en fête.
Fascinée par les mots troublants,
Tu mépriseras l'ouragan.

Même si l'ombre d'un soupir
Vient à passer sur cette histoire
Quand j'évoque le souvenir
Des jours d'été nimbés de gloire,
Il n'altérera nullement
L'attrait de ce conte d'enfant.

Document #9 : La si petite boîte en argent de la Cuisinière

C'est une chance ! D'autant plus qu'elle n'est pas verrouillée. Lorsque vous l'ouvrez, vous découvrez à l'intérieur une **montre à gousset (trouvaille #9)** *qui pourrait appartenir à un petit enfant. Inscrivez-la dans vos Trouvailles.*

Document #10 : Le livre des différentes soupes du monde du miroir

En effet, il est absolument impossible d'y déchiffrer quoi que ce soit. S'il y a une chose à en retenir, ce n'est que dans le titre.

Document #11 : La statue de cochon

Statue sculptée à hauteur d'homme d'un cochon debout sur ses deux pattes arrière. Il est coiffé d'un casque de samouraï. Il tient une lance japonisante dans l'une de ses pattes. Si vous le regardez attentivement, vous verrez un symbole sur la lame. Consultez la quatrième ligne de votre tableau #5 des combinaisons des symboles mystiques pour savoir si vous avez le bon artefact avec vous pour découvrir son secret. Si vous n'avez pas de correspondance dans ce tableau, allez en note 10bis, III (Lumière, lumière).

Document #12 : La petite boîte en or 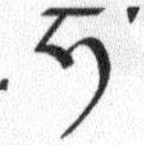

Une petite boîte en or marquée d'un symbole étrange. J'ai l'impression de l'avoir déjà vu quelque part et peut-être a-t-il un sens particulier. À défaut de trouver, eh bien, ouvrons cette boîte ! (Allez en note 2,II.) Si vous possédez le kriss, consultez le tableau #5 des combinaisons des symboles mystiques. Sinon, vous ne remarquez même pas le symbole et ouvrez la boîte. Vous y trouvez un hochet garni de billes qui fait un bruit sec de crécelle quand vous le prenez dans votre main. Consultez la note 22,II.

Document #13 : Petit guide du langage des fleurs

Petit guide du langage des fleurs du Pays des Merveilles

Rédigé par sa gracieuse majestée,
la Reine Blanche

La Rose Rouge

Très odorante, elle enivre et fait perdre les sens, c'est une fleur dangereuse qui feint l'amour véritable et exite les sentiments bestiaux. Méfiez-vous d'elle, sous toutes ses formes.

Le Lys tigré

Cette variété de lys représente le mépris et la sur estimation de ses propres valeurs. Plus forte en odeur que la rose, elle vous assome pour mieux régner. Ne la croyez pas.

Le Myosotis

Il symbolise le souvenir, la mémoire. C'est une fleur extrêmement ennuyeuse qui reste bloquée sur le passé. C'est très morose que de discuter avec lui.

Le Jasmin Blanc

C'est celui qui s'épanouit en été, il en est le symbole d'ailleurs. Bien plus sage que son cousin le Jasmin Jaune, il parfume néanmoins assez bien le thé. Voilà qui est bon à prendre.

La Violette

On dit qu'elle est vertueuse. Je la crois plutôt timide voire, timorrée. N'espérez pas d'aide de sa part, c'est une poule mouillée...

Document #14 : Documents classés

Une pile de documents qui contiennent vos rapports de voyages et de négociations. Absolument pas intéressants pour vous dans le cas présent.

Document #15 : Encrier en étain

Un cadeau de votre père. Il n'a rien de particulier si ce n'est la valeur sentimentale que vous lui accordez.

Document #16 : Encensoir chinois

C'est un très bel objet que n'importe quel collectionneur serait fier d'avoir dans sa maison. Il n'a pas servi depuis très longtemps mais cela n'a en rien dégradé sa valeur. Malheureusement, il ne vous apporte rien.

Document #17 : Statue de Ganesh

Une fine pellicule de poussière ternit la feuille d'or qui recouvre la statuette. Vous devriez la changer de place si vous ne voulez pas qu'elle s'abîme. Pour l'anecdote, cette divinité hindoue est censée protéger le foyer selon la croyance populaire. Très jolie, mais complètement inutile.

Document #18 : Le livre mal rangé

Intitulé : « Répertoire des différentes techniques de fabrication des miroirs au mercure en Europe du XIVe *siècle à nos jours ». Outre un élément chimique ainsi qu'une planète, Mercure est aussi le nom d'une divinité romaine que les Grecs avaient baptisée « Hermès ». Vous comprenez maintenant que l'entrée se trouve du côté du miroir de votre bureau, vous pouvez vous placer devant la* **cheminée***, en 3, si vous êtes prêt.*

Document #19 : La série de tableaux, héritage de votre famille

L'indétrônable portrait de la reine Victoria vous lance un regard sévère que vous soutenez sans peine. Plus loin une nature morte représentant un lièvre, des fruits et un miroir, puis le portrait d'une jeune fille sur fond noir, dont seul le visage est éclairé par une chandelle et qui regarde vers le sol. Enfin, un paysage de lande isolée d'Écosse.

Document #20 : Les deux pierres tombales

Elles sont identiques en tous points, entre autres marquées de ce même symbole étrange . Enfoncées dans la terre battue, elles ont des cimes arrondies, ébréchées aux mêmes endroits, et portent le même symbole au dé-

but de leur épitaphe. « Tweedle Dee » pour l'une et « Tweedle Dum » pour l'autre, avec la phrase suivante : « Séparés par une querelle et réunis dans la mort. » Si vous avez le portrait de votre fiancée avec vous, vous réussissez à garder votre sang-froid. Sinon, vous venez simplement de remarquer un élément de décor, votre vie n'en est pas affectée.

Document #21 : Les cercueils des jumeaux

C'est effectivement sans grande peine que vous soulevez les funèbres couvercles l'un après l'autre. Il est certain que vous en garderez certaines séquelles psychologiques, à supposer que vous surviviez assez longtemps pour pouvoir les apprécier. Vous découvrez, non sans une certaine horreur, deux cadavres bien en place dans leur bière. Ils sont vêtus d'une tenue d'écolier, obèses, leur panse proéminente par rapport à leurs toutes petites mains. Leur visage est déformé par une bouche énorme dont dépassent de longues dents pointues en rangées chaotiques. On dirait des vieillards, tant leurs traits sont creusés de profondes rides. Tweedle Dee tient entre ses mains une fiole étiquetée de la pièce de la dame, tandis que Tweedle Dum garde une autre fiole ayant le cavalier pour effigie. Voilà un moyen de sortir d'ici. Choisissez de changer votre incarnation pour le cavalier ou pour la dame, allez en p. 84 pour consulter le plan de la Deuxième partie : Ne poivrez pas trop la soupe ! mais ne lisez pas les introductions, choisissez directement un lieu à visiter. Encore bravo pour être sorti de ce piège.

Document #22 : Les tableaux du miroir

Le premier tableau représente une vieille femme dans la pénombre, dont seul le visage ridé est éclairé par la flamme d'une bougie. Le deuxième tableau est celui d'un renard chassant au milieu d'une forêt ensoleillée. Le dernier tableau montre une jeune enfant jouant avec un cerceau dans une cour pavée.

Document #23 : Le chaudron de la Cuisinière

C'est le moment de vous demander si vous n'auriez pas quelque chose à lui faire préparer. Vous avez sur vous de quoi faire un choix, mais attention, la Cuisinière semble disposée à ne vous préparer qu'un seul plat ! Il vous faut savoir lequel. Si vous n'avez pas déjà deviné, peut-être comprendrez-vous plus loin dans votre exploration.

Dans le cas où vous auriez déjà fait votre choix, rendez-vous en note 14,I.

Document #24 : Le portrait de lord Gascoyne

Si vous vous y attardez et manipulez le cadre, vous vous rendez en note 1,I (Le bureau d'ébène), une boule d'anxiété vous enserrant la gorge.

Document #25 : La statue du Lapin Blanc

En vous en approchant, vous remarquez une phrase qui s'écrit toute seule sous vos yeux, à la base de la statue. Elle comporte les mots suivants :

« Rendez-moi les quatre choses que j'ai perdues en courant si vite ! Toutes réunies, elles représentent aussi les quatre quarts d'un seul cycle. »

Le Chat vous interpelle en note 24,I.

Tableaux des combinaisons

Tableau #1 : Combinaisons des symboles pour entrer au pays des merveilles

Suite de symboles	Mise en situation	Effet
	*Grâce au livre, vous avez compris où vous placer.*	*Le passage est ouvert, vous pouvez passer à la suite de la lecture, en 4, l'autre côté de la cheminée..*
	*Vous êtes au bon endroit, avec une photographie en votre possession.*	*Le passage est ouvert, poursuivez votre lecture, mais vous découvrez le document #2.*
	*Vous êtes au bon endroit, une photographie et une arme avec vous.*	*Le passage est ouvert, vous pouvez continuer votre lecture et avez accès aux documents #2 et #1.*
	*Vous êtes au bon endroit, et avez une arme dans vos Trouvailles.*	*Le passage est ouvert, continuez à lire en 4, de l'autre côté de la cheminée, et consultez le document #1.*

Tableau #2 : Combinaisons du jeu de logique du Chapelier Fou et du Lièvre de Mars

Combinaisons autorisées	Résultats de la combinaison
♦ ♠	Code #3 du tableau #3 : Les gages du Chapelier Fou et du Lièvre de Mars.
♣ ♦	4, I.
♥ ♦	Code #6 du tableau #3 : Les gages du Chapelier Fou et du Lièvre de Mars.
♠ ♣	4, I.
♥ ♠	Code #5 du tableau #3 : Les gages du Chapelier Fou et du Lièvre de Mars.
♠ ♥	Code #2 du tableau #3 : Les gages du Chapelier Fou et du Lièvre de Mars.
♦ ♣	4, I.
♣ ♠	12, III.
♦ ♥	Code #4 du tableau #3 : Les gages du Chapelier Fou et du Lièvre de Mars.
♥ ♣	4, I.
♠ ♦	Code #1 du tableau #3 : Les gages du Chapelier Fou et du Lièvre de Mars.
♣ ♥	4, I.

Tableau #3 : Les gages du Chapelier Fou et du Lièvre de Mars

Code du gage	Nature du gage	Effet du gage
1	*Vous avez un gage. Buvez le thé qu'on vous tend. Vous rétrécissez jusqu'à avoir la taille d'une tasse et vous retrouvez sur la table. Soudain, le Lièvre se saisit d'un maillet et vous écrase d'un grand coup sec.*	*Vous mourez. De manière originale et rapide, certes. Mais tout de même.*
2	*Vous avez un gage. Mangez le gâteau que le Chapelier vous donne. Vous ressentez d'horribles douleurs jusqu'à ce que des vers sortent de votre bouche et de vos yeux. Les larves vous dévorent vivant.*	*Vous mourez dans la souffrance.*
3	*Vous avez un gage. Vous devez rester immobile. Une main sort brusquement du dos de votre siège et vous agrippe le haut du crâne, enfonçant ses ongles dans vos yeux. Deux bras sortent de part et d'autre du fauteuil, vous saisissent la peau du torse et vous ouvrent en deux, comme une noix.*	*Vous mourez sur le coup. C'est déjà ça…*
4	*Vous avez un gage. Le Chapelier tire sur un levier près de lui, vous entendez un craquement mais c'est trop tard. Une pique acérée jaillit entre vos pieds et vous transperce le larynx.*	*Vous mourez empalé comme une victime de Vlad Dracula.*

5	*Vous avez un gage. Vous devez boire le contenu d'une carafe en étain dont se dégage une odeur de violette. Soudain, d'immondes pustules apparaissent partout sur votre corps et grossissent de plus en plus. Elles finissent par exploser.*	*Vous mourez dans un râle d'agonie. Loin de la mort qu'on s'imagine pour un lord anglais…*
6	*Vous avez un gage. Dommage, c'est perdu ! Le Chapelier se lève et, d'un coup de hache, vous décapite.*	*Mort subite. Si vous avez jeté un œil aux autres gages, estimez-vous heureux finalement.*

Tableau #4 : Combinaisons des offrandes à la Duchesse

Type d'offrande	*Trouvaille nécessaire*	*Effet de l'offrande*	*Allez à…*
ད་	*Aucune*	*La porte du cavalier s'ouvre*	*Si vous incarnez le cavalier, c'est une chance : vous seul pouvez faire ce mouvement sur l'échiquier, la dame ne peut pas emprunter cette porte.*
ཞ་	*Aucune*	*Rien ne se passe*	*Rien ne bouge, tout est calme. Vous avez raté quelque chose. Vous pouvez toujours tenter de retourner en arrière.*
ས་	ཀ་	*Le cercueil s'ouvre sur la Duchesse blonde*	*Allez donc consulter la cinquième ligne du tableau #5 des combinaisons des symboles mystiques.*
ཨ་	*Aucune*	*La porte de la dame s'ouvre*	*La porte au centre du mausolée à l'effigie de la dame s'ouvre, il n'y a que cette pièce qui peut la passer. Si vous êtes la dame, allez en note 16,II.*
ཁ་	*Aucune*	*Le cercueil s'ouvre sur la Duchesse brune*	*Veuillez vous rendre à la conversation numéro 2.*

Tableau #5 : Combinaisons des symboles mystiques

Code de la ligne	*Symboles que vous possédez*	*Symboles que vous voyez*	*Effets des combinaisons possibles*
1	ག་	ཐ་	*La dalle vacille et se soulève facilement entre vos mains, mais il n'y avait rien de caché là.*
2	ཇ་	ཐ་	*Vous découvrez un morceau de papier que vous pouvez lire en document #1.*
3	ཇ་	ཕ་	*Si vous réussissez à entrer, le secret que contient cette pièce vous sera révélé. Allez en 7,III.*
4	ཇ་	ས་	*Vous voyez une luciole virevolter autour de son casque. La chance vous sourit, on dirait. Rendez-vous en 13,II.*
5	ག་	ས་	*Le tombeau se relève, le cercueil s'ouvre et vous pouvez consulter le dialogue 3 p. 202 sans crainte.*
6	ཇ་	ཁ་	*Vous voyez un second symbole sur les pierres tombales presque entièrement enseveli :* ཕ་ *Rendez-vous en 14,II.*

7	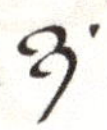	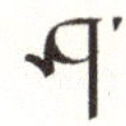	*Une luciole est coincée dans le tiroir-caisse, aidez-la à en sortir et rendez-vous en 17,II.*
8		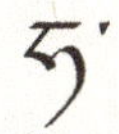	*Ne touchez surtout pas à cette boîte ! Vous signeriez votre arrêt de mort. Réessayez encore une fois le mécanisme de la porte ou regardez une nouvelle fois ces stèles funéraires, mais lâchez cette boîte ! Rendez-vous en 26,II.*

Tableau #6 : Combinaisons de l'énigme du corbeau

Symboles cercle 1	*Symboles cercle 2*	*Symboles cercle 3*	*Texte correspondant*
(Bureau)	*(Patte de corbeau)*	*(Plume d'encrier)*	*Allez en 13,I.*
(Bureau)	*(Patte de corbeau)*	*(Chapeau haut de forme)*	*Allez en 7bis, II.*
(Bureau)	*(Patte de corbeau)*	*(Arbre mort)*	*Le tiroir se verrouille définitivement.*
(Bureau)	*(Patte de corbeau)*	*(Carte as de cœur)*	*Rien ne se passe, les cercles tournent dans le vide, vous pouvez recommencer.*

Tableau #7 : Combinaisons du temps de cuisson.

Attention, il ne vous indique pas si vous avez trouvé la bonne réponse, il vous fait seulement suivre un chemin différent selon votre choix. Souvenez-vous bien du plat que vous avez demandé à la Cuisinière.

Symbole 1	*Symbole 2*	*Vous récupérez*	*Commentaires du Chat du Cheshire*
	ཁ་	*Porridge*	*Appétissant… pour un estomac anglais, cela va sans dire… Mais au moins, vous n'arriverez pas les mains vides. Vous saurez bien assez tôt si vous avez fait le bon choix !*
	ད་	*Christmas pudding*	*Très réussi ! J'en ai l'eau à la bouche. Vous avez quelque chose à offrir maintenant, c'est bien plus convenable. Quant à savoir si c'est la bonne, nous verrons bien.*
	ས་	*Soupe à la tortue*	*Je sens un délicat fumet. Ne le mangez pas vous-même, vous auriez fait tout ça pour rien !*

	ཐ་	*Fish and chips*	*Un peu rustique, ne croyez-vous pas ? Je vous pensais plus raffiné. Mais qu'importe, voilà qui est fait.*
	ཨ་	*Scones aux raisins*	*Parfait avec une tasse de thé, ne croyez-vous pas ?*

Tableau #8 : Combinaisons de la porte de la tour

Lequel d'entre eux est un instrument de mesure ? Attention, c'est un mécanisme très ancien, il ne supportera qu'une seule utilisation.

Combinaisons possibles	Résultats	Conseil
Flèche + soleil	*Ça tourne dans le vide.*	*Ce n'est pas ça manifestement, poursuivez votre lecture normalement.*
Flèche + lune	*Le symbole* ད་ *apparaît.*	*Il y a peut-être le même quelque part ici ? Cherchez-le.*
Flèche + sablier	*Vous entendez un déclic.*	*Rendez-vous note 15,II.*
Flèche + plante	*La roue se bloque un moment.*	*Ce n'était pas la bonne réponse… Tant pis, poursuivez la lecture.*

Tableau #9 : Combinaisons des pendentifs

Vous deviez répondre à la devinette de la Cuisinière : selon votre réponse, elle vous donnait l'un de ses quatre pendentifs sans vous dire si vous aviez bien répondu ou non. Rappelez-vous cette énigme :

« S'il était deux heures plus tard, ça prendrait moitié moins de temps pour atteindre minuit que s'il était une heure plus tard. Quelle heure est-il ? »

Réponses possibles	Pendentif donné	Signification du symbole	Réponse possible	Conséquence
19 heures		*Aurore*	*En souvenir d'un matin d'été*	*Fin #3*
20 heures		*Zénith*	*En souvenir d'une journée d'été*	*Fin #3*
21 heures		*Équinoxe*	*En souvenir d'un après-midi d'été*	*Poursuivez en 29, Échec et mat.*
22 heures		*Crépuscule*	*En souvenir d'un soir d'été*	*Fin #3*

Tableau #10 : Combinaisons du poème d'Humpty Dumpty.

Si vous essayez de donner un sens à la poésie, qu'auriez-vous fait avec la bouilloire en fer-blanc remplie d'eau du robinet ?

Possibilités	*Conséquences*	*Effets*
Bonhomme de neige + eau	*La figurine fond.*	*Elle était faite en sucre…*
Oiseau + eau	*Rien ne se passe.*	*Retentez votre chance…*
Petits poissons + eau	*Vous entendez un déclic.*	*Rendez-vous en note 16,I.*
Cœur empaillé + eau	*Le cœur se rétracte.*	*Rien ne se passe.*
Tire-bouchon + eau	*Il tombe par terre.*	*Pourquoi arroser un tire-bouchon ?*

Tableau # 11 : Combinaison des quatre saisons

Ces quatre symboles réunis forment les quatre saisons de l'année. Si vous avez réussi à tous les trouver, bravo ! Vous rendez ses effets au Lapin Blanc et pouvez vous rendre en Fin numéro 1, page 212.

Symbole	Objet secret correspondant	Déesse associée	Signification
χ	*Les gants blancs*	*Déméter*	*Automne*
φ	*L'éventail*	*Aphrodite*	*Été*
ξ	*Le petit veston*	*Perséphone*	*Printemps*
ζ	*La montre à gousset*	*Hécate*	*Hiver*

Tableau #12 : Combinaisons du Roi

Chaque objet que vous avez trouvé possède une lettre code.

Lettres codes	*Objets correspondants*	*Anagrammes à résoudre*
R	*Boulier*	AMETHAMIQEUST
A	*Encrier*	VENCIRAI
L	*Ours en peluche*	TANNEF
R	*Portrait d'Alice enfant*	HEHPPTOGROA
C	*Échiquier*	GOQULIE
O	*Vase contenant un jasmin blanc*	MIJSAN
L	*Journal intime illisible*	COENFISONS

Vous entendez maintenant le Chat vous parler en note 22,I.

Tableau # 13 : Combinaisons des heures proposées par la Cuisinière.

Souvenez-vous du symbole correspondant à votre réponse. Vous avez maintenant répondu à l'énigme de la Cuisinière, la conversation #1 est terminée, vous pouvez reprendre votre lecture à la Deuxième partie : Ne poivrez pas trop la soupe !, en 16, L'heure c'est l'heure.

Réponses possibles	*Pendentif donné par la duchesse*
19h00	
20h00	
21h00	
22h00	

Tableau #14 : Découvertes de la salle du trône

Objets trouvés	*Porte-t-il une marque ?*	*Effet produit*
Horloge brisée	*Non*	*Aucun*
Ours en peluche	*Oui*	*Tableau #12*
Carafe vide	*Non*	*Aucun*
Photographie d'Alice	*Oui*	*Tableau #12*
Vieux sac en cuir	*Non*	*Aucun*
Crâne de corbeau	*Non*	*Aucun*
Vase bleu et jasmin blanc	*Oui*	*Tableau #12*
Échiquier	*Oui*	*Tableau #12*
Encrier	*Oui*	*Tableau #12*
Journal intime illisible	*Oui*	*Tableau #12*
Boulier	*Oui*	*Tableau #12*

Les conversations : ils sont bavards !

1. Un petit service

– *Je serais ravi de connaître votre nom.*

Elle affiche un tel étonnement que j'aurais presque envie de rire, mais mieux vaut garder contenance. Je ne voudrais pas risquer de la vexer.

– *Je suis la cuisinière de la Duchesse. C'est bizarre que le jardin potager ne vous ait pas mis la puce à l'oreille.*

Que penserait-elle si elle savait qu'elle ressemble beaucoup plus à une sorcière sinistre qu'à une véritable cuisinière ? Mais je m'égare... D'autant plus que je n'ai jamais vu de cuisinière devant une telle marmite, elle est absolument gigantesque et pourrait la contenir trois fois sans peine. C'est un énorme contenant en cuivre martelé, sur lequel est gravé le symbole d'une louche.

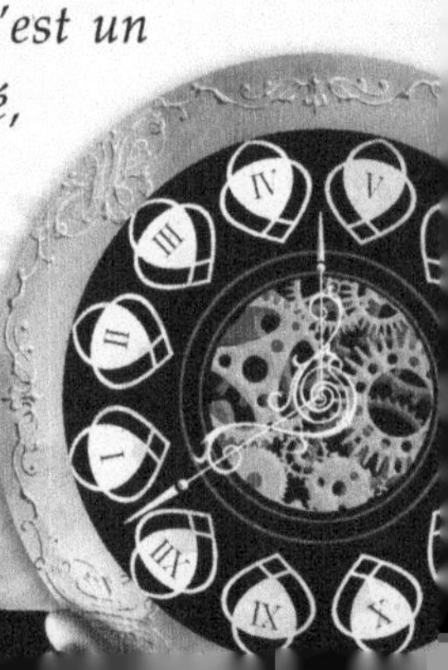

– *Certes, je vous l'accorde.*

– D'ailleurs, vous m'y faites penser : vous devrez mettre le Roi en échec et mat pour pouvoir sortir d'ici.

– Il semblerait.

– Vous aurez besoin de l'un de mes pendentifs pour y arriver. Mais avant de vous le donner – en admettant que vous obteniez le bon –, vous devrez résoudre ceci : s'il était deux heures plus tard, cela prendrait moitié moins de temps pour atteindre minuit que s'il était une heure plus tard. Quelle heure est-il : 19 heures, 20 heures, 21 heures ou 22 heures ?

Le Chat me murmure quelque chose en note 10,III.

2. Roses envoûtantes et cheveux bruns

Ne lisez pas ceci sauf si une note vous y a expressément invité.

Dans un grincement sinistre, le tombeau se soulève, et en s'ouvrant, le cercueil me laisse voir dans toute sa hauteur une femme sans âge avec un teint de nacre et la peau diaphane. Elle est rousse, avec de longs cheveux savamment coiffés en une couronne de nattes piquées d'émeraudes. Elle dégage une odeur de safran. Son cou et ses épaules sont nues. Elle porte une lourde robe rouge brodée de fils d'or et des gants en dentelle noire qui lui enveloppent les avant-bras. Elle est chaussée de souliers de satin rouge et est allongée sur un couffin noir, dans un lit de roses rouges.

Soudain, ses yeux sombres s'ouvrent et me fixent. Je pourrais avoir peur mais… il n'en est rien. En fait, je me sens plutôt subjugué par cette apparition qui me sourit. Le parfum des roses m'enivre et la sensualité qui émane de cette femme est envoûtante. Je ne ressens aucun besoin autre que celui d'être accueilli dans ses bras, je ne sais même plus pourquoi je me trouve ici… Elle entrouvre ses lèvres sombres pour en laisser échapper un petit rire. Un peu dur, peut-être. Non, cette pointe de cruauté que je discerne dans le timbre de sa voix ne peut être vraie. Je dois me tromper. Une si ravissante créature ne peut appartenir qu'aux anges qui la gardent au-dehors. Elle s'approche de moi, je sens mon cœur s'emballer. Plus rien n'a d'importance.

– Vous semblez en quête de quelque chose, mon ami.

– C'est vous que j'ai trouvée, ma Dame…

Elle rit encore. Quel enchantement.

– Je sais ce qui occupe votre esprit, vous le trouverez plus loin derrière la tour. Il y a une petite forêt dans laquelle personne ne va plus. En son centre, vous y trouverez une clairière avec un grand rocher plat. M'écouteriez-vous si je vous promettais qu'en vous y asseyant, vous devriez découvrir quelque chose de vital ?

– Vos paroles sont des ordres, Duchesse. Ma confiance vous est acquise. Jamais l'idée de douter de vous ne me viendra à l'esprit.

– Alors, allez, mon ami. Ne tardez point. Je voudrais que vous receviez l'assistance dont vous avez besoin le plus vite possible.

– Il me faudrait vous quitter ?

Cette idée m'emplit soudain de dégoût. Je préférerais mourir que d'être séparé d'elle un seul instant. À croire qu'elle lit en moi comme dans un livre ouvert, car elle me répond :

– Jamais, mon tendre ami. Ayez confiance en ma parole.

J'entends le Chat me dire quelque chose en note 10bis, II.

3. La Duchesse est blonde

Ne lisez pas ceci sauf si une note vous y a expressément invité.

Le cercueil ouvert, j'y vois une très belle jeune femme, un air juvénile sur le visage. Ses cheveux blonds étant défaits, leurs mèches ornées de perles et de diamants descendent jusqu'à ses hanches. Ses yeux sont verts et ses lèvres fines sont légèrement roses. Elle est pâle, mais n'a rien d'effrayant. Elle porte une robe bleu azur en satin et soie et son décolleté est couvert de dentelle blanche. Elle n'a aucun bijou à part un unique saphir sur sa poitrine. Ses pieds sont nus, fins et délicats. Elle repose dans un couffin de satin blanc, au milieu d'un lit de lys. Cette apparition est enchanteresse. On dirait qu'elle est simplement endormie. Mais… elle respire ! Seigneur ! Elle a ouvert les yeux et me regarde maintenant !

– N'ayez pas peur, mon cher.

Que sa voix est douce, cela me convaincrait presque de la croire.

– Vous ne m'êtes pas familier, nous ne nous connaissons pas, je crois ?

– Certes, non, Duchesse. Je ne suis pas de ce monde, je viens de l'autre côté du miroir.

– Oh ! que cela est amusant ! Connaissez-vous cette jeune fille au visage si aimable ? Elle m'a rendu visite il y a une éternité…

– Pas personnellement, je le crains. Mais on m'a mandaté pour la retrouver et la ramener avec moi. Sauriez-vous où je peux la trouver ?

– Ma foi… Étant donné qu'elle est devenue reine, j'imagine qu'il est logique de la croire au côté du roi, qu'en dites-vous ?

– Pourriez-vous l'affirmer avec certitude ?

– Je pense ne pas me tromper en vous disant cela. C'est un acte de bravoure que de venir en aide à cette pauvre enfant. Mais vous n'êtes pas au bout de vos peines, mon cher… Je crains fort qu'il ne vous faille redoubler de prudence pour affronter ce qui vous attend.

– Pensez-vous pouvoir m'aider, madame ?

– J'apprécie l'offrande que vous m'avez faite et votre conversation m'est très agréable. Je ferai ce que je pourrai pour vous. Nous avons le privilège d'avoir accueilli un

nouveau Roi Noir, il venait de l'autre côté du miroir tout comme vous. La partie qu'il a jouée fut rondement menée… mais il a perdu au dernier moment et reste maintenant otage de son nouveau statut de roi.

– Qui est-ce ? Je ne peux pas croire que je ne suis pas le seul de l'extérieur à me trouver ici !

– Son identité passée n'existe plus, vous m'en voyez navrée. Comprenez que lorsque l'on perd aux échecs ici, toute votre identité d'avant s'efface et vous endossez le rôle d'une pièce de l'échiquier que vous pouvez choisir. Vous n'existez plus qu'en tant que tel à partir de cet instant. Ainsi, je ne puis que vous parler du Roi Noir en employant son titre.

– Mais, quand vous parlez d'Alice, vous utilisez son identité première.

– Parce qu'elle a gagné sa partie, mon cher. Ce n'est pas parce qu'elle est toujours ici qu'elle n'est plus Alice. Elle le restera quoi qu'il advienne.

– Je comprends.

– Vous devrez vaincre le Roi Noir pour gagner et la trouver. Soyez attentif, mon cher ! Derrière sa grande armure, c'est son cœur que vous devrez atteindre. Vous

devrez déverrouiller sept de ses points faibles pour que son cœur soit accessible. À cet instant, il vous posera une question à laquelle vous devrez répondre correctement. Si cela est le cas, vous aurez gagné la partie et serez libre de trouver la jeune fille que vous cherchez, elle se trouve sans nul doute près de lui.

– Comment saurai-je répondre, madame ?

– Il ne vous faudra que trois mots. J'ose croire, que vous aurez à cœur de les trouver.

– Je m'y emploie, douce dame.

– Alors tout ira pour le mieux. Tenez, derrière vous se trouvent dans le sol deux portes qui vous permettront de quitter cet endroit pour rejoindre la salle du trône. C'est un privilège qui n'est accordé qu'à moi ici. Je vous en prie, si vous vous sentez prêt, prenez celle qui a pour effigie la pièce d'échecs que vous incarnez. N'ayez crainte, mon cher, vous pouvez à loisir poursuivre votre découverte du village si vous le souhaitez, je ne les refermerai pas.

– Merci, chère Duchesse… Votre aide m'est aussi agréable que précieuse.

C'est à moi de décider maintenant. Que peut me dire le Chat de Cheshire dans cette situation ? (Je peux le consulter en 17, III.)

4. Dialogue avec une chimère

– Vous semblez lassé, cher Griffon.

Son air s'adoucit soudain, certainement sous l'effet de la surprise que j'engage la conversation.

– Certes ! Voyez l'état de mes compagnons : tellement ivres qu'ils ne vous ont même pas vu ni arriver, ni vous installer près de nous. Mais ne croyez pas que leur présence soit plus enrichissante en d'autres temps. Lorsqu'ils sont sobres, c'est au tour de la Simili-Tortue de nous assommer tous avec sa tristesse morose.

– Que lui est-il arrivé ?

– Elle ne sait plus qui elle est. Elle ne se sent plus comme étant une véritable tortue, pourtant elle en est toujours une. Elle est une chose sans en être une… C'est prodigieusement ennuyeux. Pour ma part, je suis bien au-delà de toutes ces considérations pseudo-métaphoriques.

– Je vous crois volontiers ! Vous êtes vous-même un être légendaire. Chacun sait qui vous êtes.

– Voilà qui est parlé, mon cher !

Le voilà qui rit à gorge déployée, avant de reprendre dans un hoquet :

– Vous m'êtes fort sympathique, je ne m'amuse pas si souvent ! Que venez-vous faire ici, au milieu du sang et des os rongés ?

– Je suis à la recherche de la jeune Alice. L'auriez-vous vue ?

– Mais, mon cher, vous n'êtes pas au bon endroit !

– N'y suis-je pas ?

– Certes, non ! Quelle chance que nous ayons entamé cette conversation. Venez ! Grimpez sur mon dos. Je vais vous ramener au début, vous vous êtes forcément trompé quelque part.

– Vraiment ? Vous feriez une telle chose ?

– Oui, avec plaisir ! Vous avez failli tomber dans un piège mortel… Mais n'ayez crainte. Je vous ramène au village. Il faut que vous trouviez une autre direction.

– C'est si aimable à vous. Merci…

J'entends le Chat me parler en note 25,III.

5. Un marteau et des dents

Les coups de marteau cessent et l'homme se retourne, l'air surpris, pour me répondre :

– Il pleure la perte de ses dents.

– Comment les a-t-il perdues ?

– Ah ! C'est une histoire si triste, mon cher !

Le Morse s'adresse à moi avec un tel pathos que je ne peux m'empêcher de ressentir un certain dégoût.

– Tellement triste qu'elle en est risible.

L'homme se rapproche, son allure ne me plaît guère. J'aperçois un tas d'ossements humains gisant un peu partout dans la pièce. La sortie ? Où est passée la sortie ?

– Voulez-vous que je vous la raconte ? me demande l'animal.

– Je crains d'aggraver votre peine en vous la faisant revivre encore, mon cher…

– Le temps ! me répond-il sans tenir compte de mes réserves. Ah ! Le temps. Cruel qu'il est de passer et seulement de passer, jamais il ne revient ! Qu'il est ingrat de tout réclamer sans rien vous donner en retour ! Il prend tout, sans remords, sans un regard en arrière, sans ralentir un tant soit peu sa course dont il est pourtant le maître. Ah ! Quelle tristesse que ce temps qui passe !

– Certes…

J'en conclus que si mon interlocuteur est le Morse de l'histoire, l'homme qui est maintenant tout près de moi doit être le Charpentier, son compagnon d'infortune. Son corps est très long, son visage ovale émacié, creusé, et ses yeux sont vides, sans paupières ni pupilles. Décharné, il mesure près de deux mètres. Il porte de grosses bottes cloutées, cinq ceintures autour de la taille, qui bâillent. Sur ces ceintures sont accrochés des sacoches, ses outils et des « trophées » : une main momifiée, un chapelet d'yeux et une mâchoire. Il est vêtu d'une chemise en lambeaux, d'un pantalon court en cuir. Ses cheveux noirs et courts sont taillés en brosse et il porte la barbe en collier. Enfin, il a une créole à l'oreille gauche.

– Mon ami est si triste que j'ai décidé de l'aider, me dit-il.

Un sourire cruel se dessine doucement aux commissures de ses lèvres fines. Une lueur étrange s'allume peu à peu au fond de ses yeux gris, je sens la peur m'étreindre.

– Il suffit de les remplacer, poursuit-il.

– J'en conviens… Mais par quoi diable voulez-vous remplacer des dents de cette dimension ?

– Mon cher, s'il y a bien une chose dont nous ne manquons pas, c'est bien de matière première pour cette ambitieuse réalisation. Je veux parler, bien sûr, des os ! Mais attention, il faut choisir avec soin ! Jusqu'à présent tous nos essais ont été infructueux.

Le Morse redouble de sanglots.

– Il s'agit de trouver l'exact équilibre entre texture, couleur et taille. Ce n'est pas une mince affaire, d'autant que les prélèvements ne se passent pas toujours sans accrocs…

– Les prélèvements ?

– Saviez-vous que l'os est bien plus beau et plus solide lorsqu'il est enlevé du vivant de son porteur ?

Mes cheveux se dressent soudain sur ma tête. Je ne peux réprimer un frisson d'horreur.

– Vous êtes vous-même bien charpenté, mon cher. Nous n'avons pas encore trouvé l'os qui conviendrait, mais je suis sûr qu'avec une solide ossature telle que la vôtre, nous aurions toutes nos chances !

La porte par laquelle je suis arrivé s'est parfaitement fondue dans le mur, si bien qu'il m'est impossible de la retrouver ! Que puis-je faire ? J'implore l'aide du Chat qui me répond en note 11,II.

Les fins

1. Quatre saisons

Je m'approche de la statue du Lapin Blanc pour lui rendre ses attributs. Je lui enfile son veston, lui mets ses gants, sa montre dans l'une de ses mains et son éventail dans l'autre. La statue s'anime. Je devrais être surpris ou un tant soit peu étonné, mais je dois avouer que plus rien ne m'étonne. Tout ce dont je suis capable à présent, c'est de regarder l'animal s'éveiller de sa prison de pierre jusqu'à redevenir complètement lui-même. Ses yeux, roses, se posent sur moi, il secoue la tête et me salue, puis s'enfuit par une porte qui vient d'apparaître. Que dois-je faire maintenant ? Ai-je réussi ? Je ne tiens plus debout, il faut que je m'assoie. Les larmes me montent aux yeux et je repense à Édith. Ma tendre Édith… je sors son portrait de ma poche et le contemple, le regard complètement embrumé. Mais voilà que j'entends quelque chose. La porte est à nouveau apparue ! Le Lapin Blanc revient et il y a quelqu'un derrière lui. Mon cœur bondit dans ma poitrine, est-ce possible ? Alice, est-ce vous ? Une jeune fille lève de grands yeux marron vers moi, et de ses fines lèvres roses, esquisse un sourire. Mon Dieu… c'est enfin terminé… Je peux aller consulter **l'épilogue**, *page 230.*

2. Une statue de marbre

Rien ne se passe. Rien ne se passe ! Non ! Je vais devenir fou ! Qu'ai-je oublié ?

Le Chat du Cheshire apparaît près de la statue du Lapin, son sourire plus carnassier que jamais :

– Il semblerait que vous ayez perdu, mon cher.

– Que va-t-il se passer maintenant ? Suis-je prisonnier de cet endroit maudit ?

– Certes non, il vous est permis de quitter les lieux puisque vous avez mis le Roi en échec et mat…

Il se détourne légèrement et m'indique une porte qui n'était pas là tout à l'heure.

– Comment ?

– Tout comme je vous le dis.

– Mais… Alice… je croyais que…

– Qu'elle était retenue ici contre son gré ? Ah, mon cher, très cher lord… Les règles qui régissent ce monde peuvent vous paraître étranges mais elles n'en sont pas

moins claires : quiconque gagne la partie est libre de quitter l'échiquier.

Les mots me manquent, je crois que je vais exploser.

– Cette chère Alice n'est simplement pas retournée derrière le miroir parce qu'elle ne le désirait pas. Pourquoi le voudrait-elle d'ailleurs ? Qu'est-ce qui l'attend avec vous ? Des années d'asservissement, pendant lesquelles votre bien-pensante société anglaise victorienne s'acharne à rendre les jeunes filles dociles tout juste bonnes à tenir une maisonnée. Vous me traitez de fou, mais vous avez tué la fantaisie, assassiné l'enfant qui est en vous et dont vous laissez le cadavre pourrir dans le lieu le plus sombre et noir de votre cœur ! Vous nous traitez de monstres ? Mais que cachez-vous, pendant les heures les plus sordides de vos nuits de douleur, hormis les agonies sans fin de vos rêves avortés et de vos rires sincères voués à se taire dans le néant de votre indifférence ? Ah… vous nous pensez monstrueux ? Ha, ha, oui ! Oui, nous le serons, pour vous, cher lord. Nous serons là, à chaque instant de votre misérable existence. Derrière chaque battement de paupière, dans le ventre de chaque ombre projetée par la plus faible lueur, nous serons là pour vous. Vous croyez avoir vu la monstruosité ? Retournez chez vous, là où l'on torture l'innocence à coup de barrières et de pensées

pleines de bon sens, mais plus jamais, cher lord, plus jamais vous ne connaîtrez le repos. Nous vous hanterons jusqu'à ce que vous ne supportiez plus la simple idée d'aller vous coucher. Nous avons l'éternité et nous le ferons.

3. À vaincre sans péril, on triomphe sans gloire

Je me sens dans un état étrange tout d'un coup, j'ai comme des fourmillements dans les jambes et au bout des doigts… mes jambes sont lourdes, elles pèsent soudain une tonne. Je n'arrive pas à les bouger. Quelque chose me gêne au creux de mon estomac, mais ma vision est légèrement brouillée, ce qui m'empêche de voir ce qu'il se passe clairement. Il y a comme une substance qui m'entrave de plus en plus le regard… que se passe-t-il ?

Je chois sur le sol froid et, pendant que je m'affaisse, une vision s'impose à moi : une flaque de sang rougit les dalles. Je me sens si fatigué que mes paupières se ferment toutes seules, de toutes façons mon corps ne me répond plus… Je crois qu'il n'y a plus rien à faire. Adieu…

Les morts

1. Si délicates petites mains...

J'entends un grattement derrière moi. C'est assez proche mais je ne comprends pas d'où il peut venir, l'espace est trop exigu... À moins que... Les tombes ! Cela provient des tombes ! Quelle horreur ! Cela gratte de plus en plus fort ! Aucun endroit pour me cacher, aucune sortie pour m'évader, les cadavres vont me voir. Ah ! Les cercueils ont cédé, la terre se soulève, amenant avec elle l'odeur nauséabonde de la mort, là ! Les voilà ! Debout devant moi, les jumeaux me fixent de leurs yeux vides. Ils sont vêtus d'une tenue d'écolier, obèses, leur panse proéminente par rapport à leurs toutes petites mains. Leur visage est déformé par une bouche énorme dont dépassent de longues dents pointues en rangées chaotiques. On dirait des vieillards, tant leurs traits sont creusés en de profondes rides. Je ne m'en sortirai pas... Chère Édith... Ma tendre Édith... ma dernière pensée aura été pour vous. Ils se jettent sur moi en un éclair et m'arrachent la peau du visage. La douleur est insoutenable. C'est la fin, leurs petites mains portent les membres qu'ils ont arrachés à leur bouche. Adieu.

Tweedledee
Tweedledum

2. Un baiser dans le noir !

En sortant du mausolée, je constate qu'il fait nuit noire. Peu à peu un chemin s'illumine et serpente vers le lointain. Quelques minutes de marche suffisent à m'amener devant une petite forêt dont l'entrée m'apparaît aussi gracieusement que si l'on tire un rideau. Le chemin continue à l'intérieur… Je m'avance et débouche sur une clairière herbeuse.

À peine me suis-je assis sur le rocher plat trônant au milieu des arbres mornes, que la lumière de la lune se meurt brusquement. Je me sens toujours engourdi, prêt à m'endormir, et bien que cette soudaine obscurité soit anxiogène, je ne trouve pas la force de bouger. Mes paupières s'alourdissent et mes oreilles bourdonnent, j'ai l'impression de supporter une tonne sur les épaules. Non, c'est autre chose. Je me sens étrangement incommodé, il y a comme une présence qui se rapproche dans mon dos. Me voilà tiraillé entre deux sentiments contradictoires ! D'un côté je ne souhaite pour rien au monde que cette chose avance, et de l'autre, je ne saurais expliquer pourquoi, mais j'en ai une irrémédiable envie. Ah ! Je sens deux mains froides comme la mort qui me frôlent. C'est terrible, l'envie est trop forte,

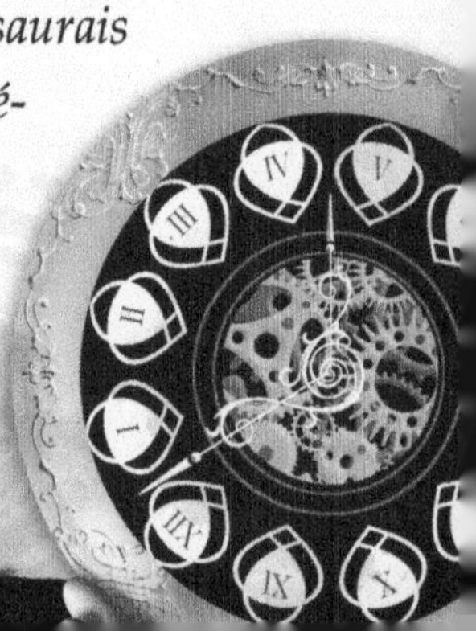

je ne puis résister davantage. Elles m'enserrent comme un étau cruel, la douleur est insoutenable. Je reconnais le parfum suave de la Duchesse, trop fort pour qu'il soit naturel, je sens maintenant qu'il doit cacher l'odeur immonde de la putréfaction. Je sens son souffle sur ma gorge, elle la caresse de ses dents. Dieu, qu'elles sont pointues ! La voilà qui les enfonce dans mes veines et qui boit ! L'horrible créature me vide de mon sang. Adieu. Adieu, ma chère Édith, puissiez-vous trouver le bonheur. Adieu… C'est la fin.

3. Nul ne peut tuer Jaberwok

Me voilà à la merci de cette drogue infâme ! Peste soit de cette plante ! Je ne sens plus mes bras, ils pendent mollement le long de mon corps qui se plie sur lui-même. Ah ! Mes jambes se dérobent, l'épaisse fumée m'empêche de distinguer quoi que ce soit, c'est un tourbillon sans fin aux volutes sales et suintantes. Mon cœur s'emballe, je sens que quelque chose cogne dans ma tête, contre les parois de mon crâne, de plus en plus fort. J'ai le souffle court : le dosage de ce narguilé tuerait un cheval ! Je sens ma bouche pâteuse, je n'arrive plus à bouger les lèvres. Que vois-je ? Là, quelque chose tressaille près de moi. Dans la fumée épaisse, une forme s'en détache. D'abord aussi vaporeuse que ce dont elle s'extirpe, puis de plus en plus nette.

Horreur… Quel est ce monstre ? Il est immense ! Terrible ! Il s'élève tout droit devant moi, ses ailes de démon déployées, ses longues griffes acérées sont plus hautes qu'un homme ! Tout recouvert d'écailles, les dents plus longues que celles d'un tigre du Bengale et ses yeux… sans pupille, vitreux, mais d'un éclat cruel ! Je ne puis plus bouger, le Jaberwok s'élance sur moi. C'en est fini. Ma douce Édith… Ne pleurez pas trop, cher ange… Adieu. C'est la fin.

4. Vous irez nourrir mes fleurs

Ce chant hypnotique m'enivre. Je ne distingue plus le contour des roses, elles ne m'apparaissent plus que comme des taches diaphanes et vaporeuses. Mes yeux se voilent. Je sens ma gorge se serrer ! Que ça brûle ! C'est insoutenable ! Je m'écroule à genoux, je n'ai plus de sensation dans mes membres. Il n'y a que ma tête, prête à exploser, et ma gorge en feu ! Quelle douleur ! En me rapprochant du sol, j'aperçois des reflets blancs dans les fleurs et les ronces… Peste ! Ce sont là les restes de pauvres malheureux qui ont succombé à ces traîtres avant moi. Voilà donc le sinistre secret de leur vitalité et de leur si belle couleur. Quel terreau macabre… Je m'en vais rejoindre ces bougres dans un sommeil éternel. Ah… mon Édith… aurions-nous eu des roses si rouges le jour de nos noces ? Adieu, mon tendre amour. C'est la fin.

5. Quels beaux os vous avez là !

Le Charpentier est plus rapide que moi, sans doute par habitude. Le coup est sans appel. Porté à ma tempe, il me fait vaciller, et je m'écrase contre la table de dissection. Un éclair blanc m'aveugle et me laisse sans repère, je sens un liquide chaud couler sur mon oreille. Voilà que l'on me soulève. J'ai beau me débattre comme un diable, l'étreinte est impitoyable ! Le Morse m'enserre de ses nageoires immondes. Ils m'étendent sur une surface glacée et me ligotent les pieds et les poings. Ah ! J'ai recouvré la vue ! Juste à temps pour voir l'affreux visage du Charpentier penché tout près du mien. De son haleine fétide, il m'annonce : « Savez-vous que les os ont un plus bel éclat lorsqu'ils sont arrachés à un sujet conscient ? » « Quelle chance nous avons ! » renchérit le Morse en saisissant un couteau. Je hurle à m'en faire défaillir ! Les deux affreuses créatures s'affairent et m'ouvrent comme un poisson ! C'est insupportable ! Ils me vident, le sang macule chaque recoin de la pièce. Que l'on me tue, mais que cela s'arrête ! Ils me cassent les os ! Je les sens me les arracher un à un de ma cage thoracique ! Édith ! Édith ! Adieu ! C'est la fin !

6. Un bien triste néant...

J'arrive enfin à l'air libre ! J'éprouve un tel sentiment de soulagement empreint de liberté que je pourrais sauter de joie ! Il y a une forêt devant moi, le chemin sur lequel je marche m'y conduit directement, autant le suivre. De toute manière, je n'ai aucune envie de retourner en arrière.

Les nombreux arbres qui s'élèvent devant moi dégagent une douce atmosphère triste. J'y entre et je sens mon esprit se vider peu à peu. Il y a de bien étranges personnes ici : des cartes à jouer aussi grandes que moi errent les yeux vides, la bouche béante. La Reine de Cœur est dans un triste état, ils sont tous hébétés, marchant sans but. J'ai la sensation bizarre que quelque chose m'échappe, que faisais-je tout à l'heure déjà ? Un étrange prénom revient dans ma mémoire, je le sens s'effacer. Édith... Édit... Édi... Éd... É... Qu'était-ce à l'instant ? Pourquoi ai-je une larme qui coule sur ma joue ?

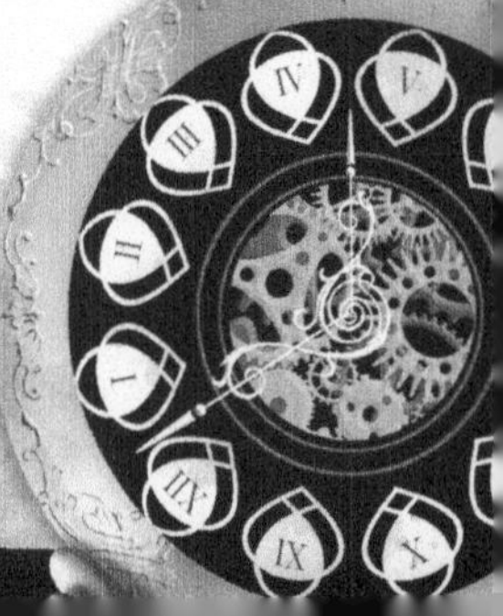

7. Votre cœur sous ma coquille

Dans le cas où vous décidez de braver l'horreur de l'endroit, vous découvrez un peu à l'écart, derrière les rayons poussiéreux aux articles étranges, un personnage très singulier en plein sommeil. Installé dans un fauteuil de métal, Humpty Dumpty dort paisiblement. Vous le trouvez étrange, et vous avez raison. Sans éveiller l'œuf géant, vous pouvez le contempler de plus près. C'est seulement à cet instant que vous constatez que sa coquille, d'une grande finesse, est sur le point de se craqueler. Elle est d'ailleurs fendillée à certains endroits. La membrane interne est toujours intacte, mais elle peine à contenir tout ce qui s'y trouve. Vous reconnaissez des organes humains, tels que des cœurs, des poumons, des boyaux et bien d'autres dont les noms vous échappent, vous ne remarquez même pas la fiole du cavalier que vous recherchiez, posée sur le sol à côté de vous. Cette contemplation morbide vous a fait perdre un temps précieux et Humpty Dumpty s'est réveillé. Vous le voyez maintenant dans toute son horreur, boursouflé et rougeâtre du sang bouillonnant sous sa coquille. Il se jette sur vous Vous n'avez même pas le temps de l'esquiver qu'il a déjà ouvert votre thorax aussi facilement que s'il avait ouvert une coquille de noix. Vous

ne sentez pas la douleur sur le coup, tant l'attaque a été soudaine, mais c'est qu'il plonge ses mains dans vos entrailles que vous vous mettez à hurler. Sans aucune difficulté, il vous arrache cœur, foie, estomac, poumons… Vous mourrez entre ses griffes. L'énumération des organes qu'il vous enlève n'est ici que pour la forme, la mort vous a emporté quelques secondes après qu'il ait prit votre cœur. C'est là Fin.

8. Sourires vermillons et festin au coin du feu

Vous réalisez un peu tardivement qu'il n'y a rien autour de vous pour vous dissimuler et les trois monstres se rendent très vite compte de votre présence. Vous avez également oublié que vous dégagez une odeur corporelle identique à celle de leurs proies. Bien qu'ils n'aient pas l'air de chasseurs, l'amoncellement des carcasses – que vous voyez maintenant très nombreuses sur le sable – aurait dû vous alerter sur le degré de dangerosité de ces créatures. Le Griffon ne bouge pas d'un cil et c'est sous son regard désabusé que vous succombez, dévoré vif dans les rires et les chants. Votre sang est bu directement depuis la déchirure béante de votre gorge. Vos bras sont arrachés et embrochés avant d'être mis à cuire. Le Dodo vous arrache cœur, poumons et foie pour les gober les uns après les autres.

9. Une interminable chute

Je prends une tasse et laisse le Chapelier me servir. Alors que je porte le thé à mes lèvres, ils éclatent d'un rire fou de concert, et avant que je puisse esquisser le moindre mouvement, mon voisin m'arrête d'un geste de la main. Il tire sur une chaîne au-dessus de son épaule. Mon siège bascule. Je bombe en arrière, dans le vide, et sur les éructations du Lièvre, j'entends hurler le Chapelier : « Le Fou prend le Fou en F6 ! »

10. Une fin inattendue !

À peine suis-je entré que je reçois un très violent coup derrière la tête. La douleur est atroce, un éclair blanc m'a aveuglé alors qu'un sifflement strident me vrille encore les tympans. Je chois sur un carrelage aussi froid que la mort mais peux tout de même apercevoir mon agresseur. C'est une chose inimaginable... Une immense masse de fer, à forme humaine mais bien plus imposante et plus haute, se dresse devant moi. Je n'en suis pas sûr, le sang m'irrite les yeux, mais je crois qu'elle a une couronne sur ce qui lui sert de tête... J'ai tellement mal que mon souffle

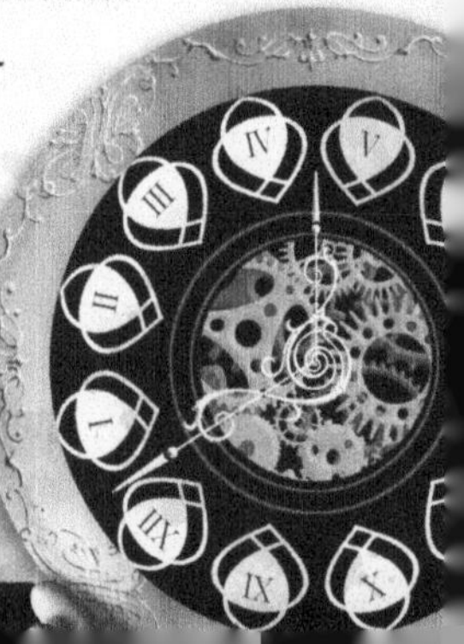

est coupé, je n'arrive pas à voir tout à fait ce qu'il se passe. Tout ce que j'entends, c'est « le Roi prend la Dame » ! Et tout devient noir petit à petit. Édith… J'étais pourtant si près du but….

Épilogue

Ses mains tremblent. L'atmosphère a changé... J'ai peine à y croire mais... j'ai gagné! Je suis épuisé mais si soulagé que mon cœur est sur le point d'exploser ! Elle remarque mon émoi et elle me sourit à nouveau. Elle ressemble à une jeune adolescente, à la peau blanche. Doucement, elle me dit :

– Merci, je n'aurais jamais pu partir sans votre intervention... Ce pauvre homme a essayé de m'aider mais rien n'y a fait, je ne comprends pas pourquoi. Il semblait si décidé pourtant...

– Vous ne savez pas de qui il s'agit ?

– Non, monsieur. Mais quelle importance, finalement ? Regardez, il disparaît déjà.

En effet, les restes de Carroll commencent à s'effriter et s'envolent dans une brise légère. Je le sais en paix à présent, Alice a raison, il ne sert plus à rien d'évoquer cette triste histoire. Mais voilà que le vent souffle de plus en plus fort. Elle s'accroche à moi. J'ai des difficultés à rester droit, mais je tiens bon face au tourbillon qui finit par nous faire décoller du sol. Un regard en arrière et j'aperçois le Chat du Cheshire qui me sourit. Il me lance un signe de tête et tout disparaît.

Je m'éveille dans mon fauteuil, attablé à mon bureau. Il fait grand jour à l'extérieur. Je suis au manoir de Londres...

Les raideurs dans ma nuque m'arrêtent dans mon élan lorsque je veux relever la tête, la douleur est assez aiguë, je dois l'avouer. Voilà que je sens une présence dans la pièce, je ne suis pas tout seul !

– Vous voilà réveillé, sir Douglas.

Une très belle jeune femme blonde se tient debout, à l'entrée de mon bureau. Son nez retroussé frémit pendant que son sourire s'élargit et que ses yeux pétillent. Je me relève d'un bond et elle poursuit :

– N'ayez crainte, sir. Je suis Alice Liddell. En m'éveillant ce matin, j'ai trouvé ceci sur ma table de chevet.

Elle me tend une lettre dont l'enveloppe est ouverte.

– Qu'est-ce ?

– Mon fiancé en a accusé réception pour moi, plus tôt dans la matinée. Il semble bien que je vous doive beaucoup, d'après ce qu'elle dit. Je vous en prie, lisez donc.

C'était une lettre de Dodgson. Il y précisait que si Alice entrait en sa possession, cela voudrait dire que moi, Mathew Douglas, avait réussi la périlleuse mission qu'il m'avait confiée. Il lui expliquait combien il avait souffert de l'avoir presque enfermée lui-même dans le pays du miroir et combien il regrettait d'avoir failli à son sauvetage. Il expliquait également qu'il avait eu des doutes sur ce qui était arrivé à la jeune fille, quand il l'avait croisée un jour avec sa gouvernante. Âgée alors de dix ans, elle lui était apparue ternie et morose, comme s'il lui manquait la gaieté propre aux enfants de cet âge. Ce constat l'avait hanté toute sa vie.

Après lecture, je lui rends son bien en lui demandant son avis sur tout ceci. Ce à quoi elle me répond simplement :

– Je suis à nouveau moi-même. Merci infiniment...

Découvrez nos autres Escape books adultes

LA TOUR DE L'ALCHIMISTE

PRISONNIER DES MORTS

LE PIÈGE DE MORIARTY

PANIQUE DANS L'HYPERESPACE

LE DIRIGEABLE DU PROFESSEUR

LA MARQUE DE CTHULHU

HÔTEL MORTEL

Découvrez aussi nos Escape Books pour les enfants

L'ÎLE AUX MYSTÈRES

GAME OVER

JOURNAL D'UN NOOB

LA MAISON-FANTÔME DE MME HIDEUSE

VOL AU MUSÉE

Imprimé en France par EPAC Technologies
N° d'impression : 4550414326120
Dépôt légal : septembre 2019